中国侦探在旧金山

乃凡 著 ※ 华斯比 整理

北京联合出版公司
Beijing United Publishing Co.,Ltd.

图书在版编目（CIP）数据

中国侦探在旧金山 / 乃凡著；华斯比整理 . — 北京：北京联合出版公司，2022.8
ISBN 978-7-5596-6230-9

Ⅰ．①中… Ⅱ．①乃… ②华… Ⅲ．①短篇小说－小说集－中国－现代 Ⅳ．① I246.7

中国版本图书馆 CIP 数据核字 (2022) 第 098996 号

中国侦探在旧金山

作　　者：乃　凡
整　　理：华斯比
录　　入：袁法森
出 品 人：赵红仕
策　　划：牧神文化
责任编辑：李艳芬
特约编辑：华斯比
美术编辑：周伟伟
书衣绘图：Million

北京联合出版公司出版
（北京市西城区德外大街 83 号楼 9 层　100088）
北京联合天畅文化传播公司发行
上海盛通时代印刷有限公司印刷　新华书店经销
字数 157 千字　889 毫米 ×1194 毫米　1/32　7.625 印张
2022 年 8 月第 1 版　2022 年 8 月第 1 次印刷
ISBN 978-7-5596-6230-9
定价：68.00 元

整理说明

为最大程度保留晚清民国时期侦探小说的文体风貌，同时尊重作家本人的写作风格及行文习惯，"中国近现代侦探小说拾遗"丛书对所收录作品的句式以及字词用法基本保持原貌，所做处理仅限以下方面：

一、将原文竖排繁体字改为横排简体字；

二、将原文中断句所使用的圈点改为现代标点符号；

三、校正明显误排的文字，包括删衍字、补漏字、改错字等；

四、原作为分期连载作品的，人名、称谓等前后不统一处，已做调整，使之一致；

五、为符合现代汉语规范并顺应当下读者的阅读习惯，已对个别晚清民国时期用字用词进行了调整，现举例如下：

1."那末"改为"那么"；

2.程度副词"很"和"狠"混用时，统一为"很"；

3."账房"和"帐房"混用时，统一为"账房"；

4."转湾""拐湾""湾曲"等词中的"湾"字，均统一改为"弯"；

5.用作疑问词的"那"统一改为"哪"；

6.用在句末的助词"罢"统一改为"吧"；

7. 用作第三人称指代"女性"或"人以外的事物"的"他"，统一改为"她"或"它"。

由于编者水平有限，其中难免有不足之处，祈请读者批评指正！

目 录
CONTENTS

代序

孙了红[1]的崇拜人![2]

天闻

侦探小说作家孙了红，生平于吾国侦探小说作者，少所许可。去腊，忽无意间以二万余金代价，于某书局购得《中国侦探在旧金山》一书，归后阅读，不禁拍案叫绝，认为吾国侦探创作小说中的一部不可多得的杰作。

该书归重庆万象周刊社出版，作者乃凡，不知何许人。了红说："他的聪明与文字技巧，远超本人以上，如果有人问我国内侦探小说崇拜何人，我即第一崇拜乃凡。"

了红常趋中正路"黎明"呷咖啡，一夜，我与了红座上相逢，他竭力推荐此书。

---

[1] 孙了红（1897—1958），原名咏雪，小名雪官，祖籍浙江宁波（一说浙江慈溪）。民国时期著名侦探小说家，与中国现代侦探小说"第一人"程小青齐名，著有侦探小说代表作"侠盗鲁平奇案"系列，还曾参与翻译《亚森·罗苹案全集》等侦探小说。
[2] 天闻《孙了红的崇拜人！》1948 年 2 月 27 日刊于《飞报》第 489 期。

此书，内容共计四案，皆以美国旧金山为背景，述一华侨赵西郎破案种种情形，不但题材匪夷所思，文笔之美，亦压倒今之第一流作家也。

第一案

一个没有完场的戏

"东方人是天才的，西方人是科学的。"

这是美国加利福尼亚省侦探学校马道尔教授在扶轮会 ① 招待席上演讲的结论，他是指侦探学校的学生的素质而言，所谓"东方人"，就是中国人。因为侦探学校一百六十个学生中只有两个中国学生，这两个黑发黄肤的东方人，洋溢的天才，使马道尔教授惊佩，所以他们毕业离校后，仍旧常常被提起。

因为种族优越感存在于美国的朝野间，我们这两个侦探界天才，始终没有机会在旧金山的报纸上露过脸。在学校最后的考试，以迅速的手腕破获了教授预备下的奇案而获得优等奖的赵西郎，一年来都是形同试用地充当着加利区警厅的三手侦探。梁飞力更加连三手侦探的职位也找不到，只得在屋伦 ② 华商与美商中充当一名小经纪。

美国的文艺家与电影演出人，好像要跟中国人开玩笑，明知全美还没有一个中国籍的警官，他们竟向壁虚构了一个"中国大

---

① 扶轮会（Rotary Club）是由工商业界和专门职业界领袖人士组成的国际性联谊组织，鼓励会员间的职业交流与信息共享，首倡在社会活动中实践"服务精神"，积极支助慈善事业。1905 年 2 月 23 日，律师保罗·哈里斯（Paul P. Harris）在美国芝加哥创立了一个俱乐部，以定期举行聚会、联络感情为初衷，取社员"轮流"（Rotary）主办聚会之意而定名为"扶轮会"。
② 屋伦：奥克兰（Oakland）的粤语音译，位于美国西海岸的加利福尼亚州，地处旧金山湾区东北部。

侦探陈查礼"①，虽然把中国人的谦恭与智慧，写得有声有色，在别人眼中，也许感到很体面，但在赵西郎的眼里，就变成一宗可耻的事。他认为，国人还不曾有机会在美国警界显过身手，单让文艺家、制片家凭空构造，给人以模糊的印象，把中国人的谦恭与智慧当作银幕与舞台的装饰，这倒叫人不提的好。同时剧作者过于注意趣味，而忽略了真实性，使观众对于"中国大侦探陈查礼"的印象，只当作一个丑角看，当作一个冷面笑匠看，不像一个造福人群的警界斗士，更不像一个小说原著者所描写的锋芒不露的杰出侦探天才。

每届"中国大侦探"新片初映的时候，旧金山华区的积臣咖啡座就有一个没请柬的座谈会，更无须推举主席，赵西郎自然成为座谈会的主要人物。

在一串瀑布似的议论之后，赵西郎的结论，又是"耻辱"。他慷慨地补充着说："假如能给我一个单独办案的机会，我必竭尽中国人的智慧，洗去这一耻辱，从而证明中国人是一个安全社会的保卫者，而不是一个虚渺主义的银幕笑料制造者。"

"你不能寻求一宗案子来显显你的身手么？"积臣咖啡座的老

---

① 陈查礼（Charlie Chan），现今一般译为"陈查理"，美国作家厄尔·德尔·比格斯（Earl Derr Biggers）笔下的著名华人侦探形象。民国时期，上海中央书店曾出版发行由程小青等人翻译的"陈查礼侦探案全集"（六册），包括：《幕后秘密》《百乐门血案》《夜光表》《歌女之死》《黑骆驼》《鹦鹉声》。另据《陈查理传奇：一个华人侦探在美国》（黄运特著，刘大先译，上海文艺出版社，2014 年 7 月）一书"附录 2 陈查理电影列表"统计，1926—1949 年间共有 47 部陈查理电影问世。

板何山问。

"上峰不派你主理一宗案子，你是无缘参加的。假如你做一个不请自来的不速客，你便要招致同伴们的疑忌，甚至博得一顿老拳。"赵西郎愤慨地回答。

"上峰不把工作派给你，那么，雇你做一名三手侦探又有什么用？"何山有点不明白了。

"我是加利福尼亚侦探学校本届第一名毕业生，警察厅长为了敷衍母校起见，不能不给我这一个位置。我在他的心目中，只是一件纪念品，好像一面三角小旗对于一个队员一样。"

于是听众都沉默了。

距离赵西郎在积臣咖啡座发表谈话约莫三个月，他碰到了一个很大的幸运，这位一年来投闲置散的三手侦探，居然蒙旧金山侦探总部的侦探长召见，经过半小时的会谈以后，一宗轰动全市的巨案，便由第八号侦探手里滑入赵西郎的铁腕。

星期三晚上，金门大舞台正在上演一个挺卖座的歌剧，剧目是《汉光武走南阳》。这是一个妇孺皆知的古典歌剧，剧作者幻想汉光武皇帝刘秀流亡时期的或然事件。在最后一幕，剧情是这样的：

光武帝住在一个民女家里，小婢把当道奸臣到来搜查的消息带进深闺。光武帝很张皇，民女却十分镇定，她打开了一个箱子，把光武帝藏在箱子里。奸臣到了，搜查了一会，便要打开箱子。观众正在替光武帝着急，不料箱子一开，却是空无一物。民女照例把奸臣奚落了一番，才让奸臣退出。奸臣去了，小婢惊问缘故，民女说明这个箱子是吐鲁蕃进贡的八宝箱，能够令人隐形的。小婢不相信，民女再开箱子，光武帝果然跳出来。观众鼓掌喝彩，剧也就告终了。

这种迎合低级趣味的歌剧，在旧金山华区上演，是永远卖座的。金门大舞台在每个月里，总有一晚要点演这个戏。星期三晚的演出，这是第十次了，但人，仍然挤满了戏院，一半已经是看过的，大家的目的不在听曲，而在八宝箱，所以九点钟以后，座位才现出热闹的样子。

饰演光武帝的男演员是黄龙，饰演民女的女演员是香雪。他俩虽合作未久，演来却十分自然，一直演至十一点钟，观众始终感到高度的兴味，但乱子就在十一时零十分发生了：

当奸臣到搜查消息送来以后，黄龙饰演的汉光武，很快便被关进箱子。奸臣照例开箱子，不见一物，香雪照例奚落他一番。小婢在奸臣退出之后，照例惊问原委，香雪说明八宝箱来历之后，照例开箱子请光武帝出来。然而，当香雪把箱子开了之后，突然目瞪口呆，便迅速把箱子盖上，背着观众，向后台叫了一声："黄龙失场！"

她这句话是对导演人说的，意思是指汉光武还没有重复走进箱子，所以通知导演人，叫他马上去通知黄龙，恢复正常状态，以免破坏剧情，同时又得替黄龙做掩护工作，带着笑脸向小婢说："刘秀此人，一时贪睡，还未醒来，待奴奴把他叫醒！"说完，便高叫"刘秀哥哥醒来"，一连叫了三声，预料黄龙已获得导演人通知，早已走进箱子，便再打开箱子看看，不料仍跟先前一样，满箱子填着空气，连光武帝的影子也没有。于是那位善于操纵自己情绪的女演员，也就不能再事掩饰了。

习知剧情的观众，看到这种情形，也就由窃窃私议而鼓噪起来。"刘秀哪里去？"的呼声，开始在人丛中喊出。

到底刘秀哪里去呢？

这一幕魔术表演，本来是这样的：八宝箱预先凿通了底板，舞台的地板，也预先开了个孔儿，恰好容一个人出入。黄龙跳进箱子之后，用力一推，箱子底板跟地板活门齐开，他便由此跳下地窖，伸手把箱子盖跟活门一齐关上。等到舞台上的民女奚落了奸臣之后，他才重新从小八字梯爬上箱子。因为演了多次，技术纯熟，无须助手，独个儿做这麻烦动作也行。

当前台骚动的时候，后台更加忙乱，导演人郭文田匆匆走进地窖，不见黄龙，一个猜想立刻在他的脑海升起来："难道黄龙因为内急，去大解了么？"想着便飞也似的走上后台，向各演员问："你们谁曾瞧见黄龙由地窖上过后台？他是不是从后台那条可通街外的甬道走出去呢？我怀疑他可能去大解了。"

老成持重的演员李耀华立刻答复他："后台没有厕所，甬道也没有厕所，要大解一定得到外边去，穿了戏装在街上跑，不怕笑煞路人么？"

"那么，他到哪里去呢？"郭文田急得满头大汗了。

"也许他脱下衣裳到外边大解去哩。"管理服装道具的李新说。

郭文田已经失去主宰，他一直跑进地窖，看有没有他卸下的戏装，没有；他又奔上后台，到黄龙的化装间，再看看有没有他卸下了今晚穿的黑缎海青袍，也没有。黄龙在登台前所穿的洋服，还高高挂起。问他的小徒弟区洪见不见黄龙，区洪回说"不见"；回头问问管理服装道具的李新，也说"不见"。盛载服装道具的箱箧，本来是放置在接近下地窖的梯口的，但在将届完场的时候，李新和他的助手都忙于收拾道具，哪有空闲去管别人的进进出出。

后台布着一团团疑云，在前台的香雪，几乎急得要哭，观众座上的秩序，已渐渐地紊乱，有些还站起来，大声问："黄龙是不是急病死了？"一个人倡导，几十人附和，闹得声振全场，早惊动这金门大舞台的经理人陈善祥，连忙赶来后台问明了原委，便走出前台演讲，伪做事实，说黄龙发生暴病，不能续演，宣布暂告完场，要求观众离座。还幸这时时间已不早，许多观众明天还得做工作，也就一哄而散。但其中有好些人跟黄龙熟识的，听说他患了急病，便绕道到后台要慰问，还亏陈经理说了一番道理，才挡了他们的驾。

陈经理照样在后台巡视了一回，没有什么发现，他由那条可通街外的甬道走出去，发现甬道口的人行路上，站着一个卖麦种子的美国人正傍着那载满了麦种子的小车站立着，口里不停叫着"奄，奄"，将他的食品向行人推销。

这个小贩，几乎经常地站在这儿叫卖。陈经理跟他天天会面，常打招呼，便上前问他："你看见一个穿戏装的演员曾经从这甬道走出来吗？"

那小贩摇头说："不，不！我从来没有见过一个人穿戏装在街上行走的。演员穿戏装在大街上行走，不会失去他的身价么？"

"是，我也这样想。不过，戏场上真的是有一位演员失了踪，他确是穿了一套黑色缎制的戏装，时间距离现在不过十五分钟而已。"陈经理说。

"假如有一个人穿了奇怪的戏装在我的面前走过，我一定得把他牢记在脑子里，好让明天告诉别人，当作一宗新闻来谈论。先生你相信我吧，我不是一个瞎子。"这位善于说笑的小贩答。

"那么，他从哪儿逃掉呢？"陈经理无聊赖地说，眼睛不朝对方而朝黑墨墨的天空。

"也许成为一宗案子么？"

"不致如此。我得先到公寓谈谈。"

两人谈到这儿，导演人郭文田已经从院里出来，一手拉着陈经理问："怎么样？有头绪吗？"

陈经理没有回答，只是皱着眉头在想。

跟着走出来的是服装道具管理人李新和黄龙的小徒弟区洪，也异口同声问陈经理。

陈经理立刻发了一个命令，叫各演员迅速回到公寓，在饭厅齐集，让舞台主人逐一查问。

公寓在加利街一条横街中，一间半新不旧的房子，有三十来个房间和一个可以容纳一百人会食的饭厅。

那时已届每天最后一次会食的时间，陈经理知会舞台主人严六一同到饭厅来谈话，大家一壁吃一壁谈，讨论着三个奇怪问题：

第一，他从哪里逃跑？

第二，他为什么逃跑？

第三，他回来不回来？

由后台通街外的有两条路：一条是由后台的右角出甬道外出，这条路必须经过卖麦种子小贩所站立的地方；另一条是由舞台跳下观众的座位，随着观众由正门外出。

除此之外，没有第三条通路了。由后台的窗子跳出去么？不能不能，窗子是用粗铁丝网钉牢的，检查过它没有毛病。黄龙怎能够逃出去呢？由甬道，已给卖麦种子的小贩证明没有可能，若说由舞台跳下观众座位，更加是梦话，难道五百多位观众，全都瞎了眼睛吗？

讨论了一会，谁都没法假定黄龙到底是从哪儿走出外边，结果只好搁下这个问题不谈，转而研究黄龙为什么走。

据舞台主人严六的意见，黄龙的出走，只有两个原因：一是因为情场失意，二是因为高筑债台。

一提到第一个原因，大家不期而然地把视线投在女演员香雪的身上。香雪却低下头来，装作听不到，然而一片绯红色的彩霞，已升起在她那两片娇脸上了。

大家早已知道香雪跟黄龙是有过一段恋爱史的，到了这个紧张时期，自然很想知道一点往事，以供研究；全体不约而同地闭上嘴，几乎停止了呼吸，期待她自己开口，然而，等得许久，总听不到她的声音，看她的情形，好像打主意不说了。

于是严六站了起来，运用体面的语句说："我知道香雪小姐向来是热心帮忙我们，现在面对一个无法解决的问题，相信香雪小姐不会使我们摸索到一条走不通的路线的。"

"不，"她立刻答复，"我与黄龙的交情，正像你和他的交情一样。我所能供给你们参考的，也正如你所熟知的一样。"

"几天以前，我看见你和黄龙到市场街买东西。你比较接近他，也许你比我们知道多一点哩！"陈经理提高了嗓子说。

"剧团里的同事们，谁不跟过他一块儿上市场街去？这是一宗很平凡的事。"她说着，放下饭碗匆匆地跑了去。

于是大家交头接耳起来，都说香雪近来跟黄龙冷淡了许多，黄龙虽然在口头上没有什么表示，但两人在每晚演戏的时候，貌合神离，就可看出了一切。话虽如此，但谁也不能证明香雪确实跟他有过密切关系。

陈经理以为只在此点着想，也没有十分的把握，谈话也就转到金钱上面，知道黄龙经济状况最清楚的，当然是他的小徒弟区洪，因此便教区洪宣布他所知的一切，以备参考。可是区洪是个粗心的人，只能说出黄龙爱好赌博，他的经济情形，一点不知道。

严六反问陈经理："黄龙有没有透支过公司的账？"

陈经理摇了摇头答："没有到发薪的日期，他从不支薪，有时还等我先开口他才收款，他好像不大等钱用似的。"

大家互相贡献平日所见，断定黄龙这次逃亡，并不因经济拮据，仍以属于桃色事件占多数，但第三个问题来了：黄龙什么时候才回来呢？这就等于问：他逃亡到外边自杀呢，还是暂时躲藏，遣遣抑郁，过几天便回来演戏？

持悲观论调的陈经理，就深信黄龙此去，未必回来，他凭了在美国经商二十多年的经验，知道一个在旧金山失踪的侨胞，从来没有过自动回来的前例，因为在旧金山的侨胞，好些人凶悍好斗，打架杀人，满不在乎的，一个失踪的人，不是给人暗杀便是逃亡，一经逃亡，也就决不回来重开战斗了。

这理论使严六吃了一惊，要是黄龙一去不回，他的财产就马上少去三千块。

美国向例：中国人如果不是富商巨贾，不是政府特派人员，就无权居留美国。至于戏剧从业员，须依照中国人临时入境居留条例，准由当地原籍中国之美国公民，具保证金三千元，缴存当地政府，才许一个戏剧从业员演戏。演戏期限是三年，期满便要出境。假如限期届满，还不出境，甚或匿逃无踪，便由政府通缉他，那三千元保证金就要被没收了。因此，黄龙的失踪，也就是严六的三千元失踪。

因为事情牵涉太大，严六不愿照往常一样，把事情交由中华会馆办理便算，他主张报告警厅，要求警厅设法找寻已失踪的黄龙，即使找不出一个活生生的黄龙，也得寻到他的尸身。有了尸身，他的三千元便得到保障了。

事情一经报告警厅，《旧金山午报》马上把这天的头条新闻让给中国人了。记载很有趣，题目是：

一个没有完场的戏

一套没有还原的魔术

一个化气而去的演员

内文的描写，更加夸张了：

以东方古国神秘色彩堆砌成的大舞台，昨晚演出一个使人难以相信的悲剧，著名男性演员黄龙，在他主演的戏的末节，突然脱离他四十八位同伴和五百多个亲热的观众而去了。

神秘的戏剧有着吉蒲赛人①的情调，包含南印度人的魔术，一个波斯藏宝箱子，能够把活人化成空气，能够把空气重新造成一个人。然而，在昨晚最后一次演出中，波斯藏宝箱竟失了它的魅力，再不能把满箱子的空气，重新造成一个人。

第八号侦探被派做这件离奇魔术的追求者，他开始接触那些东方古国的男女，运用他敏慧的头脑，要替那个未完场的戏找回它的尾巴，维持波斯藏宝箱的尊严，和缓那六万华侨的紧张空气。

此外，还刊了两张铜版，一张是黄龙的，另一张是香雪的。

---

① 吉蒲赛人：现今一般写作"吉卜赛人"。

美国西部的人物很适宜于像第八号侦探一样浅见之流来应付的。西部人物有着祖先豪爽而粗鲁的血液，常常在未经深思熟虑之前，便去犯法。不论谋杀、奸淫、盗窃，都起意于刹那之间，很容易地遗下了犯罪的证据，这样像第八号侦探这种浅见之流得以短促时间来破案，更因犯罪者没有渲染美丽的狡猾色彩，所以对于审讯或访问，都很便利。像第八号侦探这种浅见之流，几乎可以经常运用从侦探学校里学来的侦查公式去完结一宗案子。

但这一次的宝箱失人案，已不是一种凭公式便可破获的案子了。第八号侦探皱着眉头，额上带了汗珠儿，从地窖跑上舞台，由舞台跳下观众座位，把舞台主人、经理、售票员、守门人，以至杂役，逐一审问，甚至连当晚坐在第一排的观众，都被查问过，全得不到半点线索。

第八号侦探不懂中国语，为了便利审问中国人起见，他领了三手侦探赵西郎同到舞台，有时还问赵西郎有什么意见，西郎总是谦恭地答："对不起，我还在思索案情。"

黄龙究竟从哪儿逃去？这已够使第八号侦探头疼了。他用铁器敲打过那四个用铁丝钉牢了的窗子，动也不动，用显微镜检验过窗子上的痕迹，发现了四只指印，他马上把指纹登记了。这是他一天辛苦的唯一收获。

当晚，因为黄龙失踪，主角不在，舞台方面只得宣布停演，但舞台上灯光依旧像昨晚一样光亮，观众座中，坐着四个人：一个是警官，一个是新闻记者，一个是赵西郎，一个就是业务上使他不得不看一晚便宜戏的第八号侦探。

《侦探学初阶》第三章有一段是这样的："侦探学上有一个方法是'活的参考'，法国名辞是'印象的重演'。侦探人员认为某案有'活的参考'的需要时，得命令案中人到肇事地点将当时情形复演一次，侦探人员静中观察，可以触动许多意想不到的灵感，有时常常在案中人口述时有遗漏，但在重演时便可赖以补充。英格兰许多案子的破获，靠这种'活的参考'的很多，阿富汗大厦谋杀案，就是一个实例。"

第八号侦探每次访查案子，都是凭着书本教育，先翻第一章，"凭舌头来分析"，第二章，"从物证来物色犯罪者"。运用过这两章都不行，他便出那"印象的重演"的法宝。总之，他破案的唯一办法，是求教于哑教授——书。

演员们以最没趣的心情，重新演出这个不吉利的戏剧。女主角香雪带了憔悴的容色登场，没精打采地念着台词，唱着歌曲，很快便把《汉光武走南阳》演完了。

深夜的李安奴餐室中，坐着都市上闲荡阶级的男女，他们无须替自己起床时间操心，所以尽量延长他们的夜生活。放射着妖艳的光芒的萤光灯炽热起这些男女的谈兴，像若干个小组会议，忙碌地进行着。其实这一群男女中间，只有三个人是真的在忙碌地进行着业务上的会谈，这就是警官沙士京、第八号侦探和赵西郎。

"对于窗沿上的指印，你有什么意见呢？"警官沙士京首先发问。

"大概黄龙想跳窗逃走，因此伸手攀上窗子，要找路逃亡，后来发觉窗子是被铁丝网钉得坚牢，也就放弃了这条路线而向另外一条路逃走吧。"第八号侦探说。

"你不怀疑这四个指印是别人的么？"赵西郎反问他。

"不会的，谁去攀那满布尘垢的窗沿？"第八号固执地说。

"你不能拿出黄龙存在警厅里的指纹表验查一下么？"赵西郎说。

"可以的。"第八号说完，按了按电铃。

一个侍者走过来，弯着腰问客人需要什么，第八号教他拿一个电话机来。那设备完善的李安奴餐室，在每一张桌子的底板上都装了电话掣①。电话机拿到了，第八号跟警厅通话，叫值勤事务员去查验黄龙的存底指纹，用电话报告。

警厅的文件收藏室，是依照图书馆编制的，所以事务员在三分钟之后，就回答第八号：黄龙的左手是箕箕斗斗箕②，右手是斗箕斗箕斗。

第八号把窗沿上的指纹登记，拿了一小瓶药液把它显洗，却是左手的四指，指纹是斗斗箕箕，大拇指似乎用不到，所以不留证据。但这一对照，又使他迷惑了，黄龙的右手四指，是箕斗箕斗，窗沿上的手却是斗斗箕箕。那么，这位攀窗的，当然不是黄

---

① 电话掣：这里指分体电话的"拨号盘"。
② 指纹有斗和箕的分别，圆纹为"斗"，斜纹为"箕"，故称指纹为"斗箕"，也称为"斗记"。

龙而另有其人了。

据警官沙士京的想象，就是黄龙这次逃亡，似有人预为布置；攀窗探视的人，就是黄龙的助手。现在，访不着黄龙，但可以访出他的助手，助手一得，不难探问出来历了。

但赵西郎却认为本案不会那么容易解决，这样诡奇周密的失踪案，决不是只凭四个指纹就可能破获，至少，得研究出黄龙的身世、平日的交游、剧团里的演员们对他的恩怨，然后像计算一条加数一样，必得到一个总和才能够算是有了头绪。他谦恭地说："据我的愚见，虽然手续麻烦，如果委任我充当本案的访员，我当然义不容辞的；不过像我那样幼稚的人，未必得到第八号的允许。"

"因为你是中国人，我希望这一宗案子得到你的努力。"警官一面说着，一面溜着眼珠儿瞧望第八号。

第八号正在狂抽他的烟斗，好像没有听到，等到警官把说话重新复述了一遍，他才慢吞吞地说："好的，他是中国人，对中国人的精神感召当然比我们强啊。"

"为了解除同种族的人的烦恼，我十分高兴来参加，不过在第八号认为无此需要的时候，我就得休息。"赵西郎申述他的坦白心怀。

"好的！"第八号答得更简单了。

第二天，也许第八号认为不需要赵西郎了，只领了一个稍通中国语言的警长，便到剧团的公寓来。他齐集了整个剧团的人员，教大家都把指纹印出来核对。结果，窗上的指纹，并不属于这里任何一个人的。

他毫无兴趣地走了，回到警厅，警官沙士京给他一封信，这是上峰写给他的，教他把精神移到另一宗窃案上面，这舞台宝箱失人案，让警厅拿来做对赵西郎的试验品，还请第八号站在指导的地位，以提掖后进。

他读完了这信，气愤愤地说："一个准尉可以带领一个军团开向前线吗？"

警官笑了笑说："假如是一个中国军团，就不见得美国的准将强过一个中国的准尉！"

旧金山吹着南太平洋温和的季候风，要迎接夏的气息的士女，都把汽车抛到郊外，人却走进傍海而立的啤酒间里。

桌上陈列着长了耳朵的高杯子，像麒麟脖子一样长的玻璃瓶，满装了黄橙橙的三U啤，盘子里盛起了青翠可爱久已出名的三藩市虾。

人们没有拿刀和叉，像原始人一样，伸着指头，剥了虾壳，一只一只地投进口里，还用啤酒送进肚子，好像嗑瓜子般有劲。大家边谈边剥，由水产动物说起，谈到国际的纠纷，谈到宇宙的变幻。

当着软弱的风，当着柔媚的海，无意间飘来了小提琴和四弦琴的调叶而低哑的声音，使害了劳碌病的都市逐利者，意味到人类休止的快慰，面对着境遇相同的朋友，常常不能自己地吐出了毫无掩饰的语言，流露着从来不有过的天真情态。

赵西郎就利用这样的环境来求取他的答数，虽然是第一次单独办理案子，但他好像十分熟习似的尝试一个非书本公式的刺探。他以同乡的资格，用车子载了香雪到海滨闲谈，这的确是闲谈，绝没有提过一句关于黄龙的话。他批评了各国的民族性，他了解美国人心理的青年老成自居，他勾起了香雪对人性的见解，对于男人性情的爱恶，更谈到性情与职业的关系，让她充分发表意见。

于是她爱好怎样的男性，厌恶怎样的男性，西郎已经了然在胸了。他回到家里，把香雪的印象写在日记上，这样说：

　　一个对艺术毫不感兴趣而非去学习艺术不能养活她的家庭的女孩子，六年来生活在矛盾的情绪中。她爱她的故乡，更爱她的家庭，就因为贫乏的故乡不能让她安静地生活下去，也因为破落的家庭不能让她躲在逸乐中度她的日子，于是迫使她作四千海里的流浪而到黄金国来。她的来是为了归，不为来而来，却为归而来，世间还有比她更矛盾的人么？

　　青春是上帝对女人的特殊赐与，赐与女人以获取世间男人的热情的工具，使她们凭了这工具来任意选择她们的终身伴侣。然而，香雪竟违反了上帝的本意，而把青春卖了钱了。

　　她压抑了她的本能，割裂了她的品性，自然，她对于自己的事业，只有咒诅，对于身边的一切，只有憎恨。许多人传她跟失踪者有过一段恋爱史，我起初是相信的，因为我也像常人一样，满脑子藏着常理：好莱坞的夫妇，十对有九对是一张片子的男女主角。但经过海滨一夕话，我从她清澄的眸子里瞧见她的怀抱，我并不相信她是爱过黄龙了。一个憎恨艺术的女孩子，怎会爱上一个艺人？

我得到一个结论：香雪对黄龙的失踪，没有多大关系，我打算另辟新途径。

西郎写完了这日记，深自庆幸，自己感觉到能够这样迅速决定某一条路线是歧路才是一个漂亮侦探所应具备的条件，否则他会浪费了他的宝贵的时光，时光一过，失踪者已在天涯海角，纵使想开了秘密，也是无从寻获他的目的人。

放开香雪，他便盯着郭文田。郭文田是剧团的导演，知道黄龙的事情一定很多。

西郎好像一个古物研究家一样，把黄龙的一切来做彻底的研究。最后，他得到舞台主人的允许，迁入黄龙的房间居住。

案头陈列着黄龙的半身相片，漂亮的头发，精明的眼睛，温文的微笑，不失为一个名演员。他看着照像，默想到他红得发紫的运程，金元一样贵重的艺术，正展开一骄纵的前途。然而，绝无朕兆地突然发生了诡变，使他无法继续这璀璨的生活，而投向一个永远是黑夜的世界去，什么荣辱得失，也许他再不牵挂了，再不当作一回事了，轻烟一样，以往是消逝于刹那间。

桌子上蒙上了三天左右的尘埃。时计停止了，指着五点十分。西郎拿起来，摇了摇，它又"息索息索"地响着，可见它的休止，是因为主人失踪而没有开它的发条。这只时计是纽约厂出品，只能走二十六个钟头，由此证明它的主人在每天的三时把它开发条的。白天三时还是夜里三时呢？西郎常常在中国茶馆碰到黄龙，知道白天三时，是他的在外时间，开发条一定在晚上三时，大约他每晚在开完了发条之后才就寝，由此可见他是爱好夜生活的人。大舞台的完场时间是十一时，他回到公寓，再厮混四个钟头才就寝，他将怎样消磨这并不算短的时间呢？

火炉头放满了小玩具，都是美国名厂的出品，可知主人的经济是相当优裕的。一只小型收音机，身上髹着白漆，放在床上，主人大约是凭它来当安眠药的，听说戏剧从业员一辈子流行着失眠和头疼，黄龙也许不会例外。

主人的服饰相当讲究，衣橱里挂满四季衣裳，自然都是洋服。每一套衣服跟每一双皮鞋的颜色都很配合，咖啡色的衣服便有咖啡色的皮鞋，棕色的衣服有棕色的皮鞋。

西郎索性数一数，发现了一点奇事：衣橱内有一套黑呢的衣服，但没有黑色的皮鞋；衣橱里有一双灰色的皮鞋，却没有灰色的服装。他把疑点记下来，准备向郭文田询问。

床上，放了一套淡绿色的洋服；床口，也平放了一双淡绿色的皮鞋。他认得这一套服装，本来是穿在黄龙身上的，因为他卸了它而穿上戏装，在他失踪之后，遗下了这套服装。

奇怪！为什么会在这儿发现？

思索了一会，他开始搜索失踪者的函件，在淡绿色的外衣口袋获得小日记本一册。然而，这使他失望了，黄龙的日记册不像常人一样记述每天的生活经验，却是非常琐屑地登记着每天的收入和支出，一支雪茄，一盒自来火，他也不放过。

他无聊地把日记本抛在床上，读他所接到的函件。这是一封家书，黄龙有一个姊姊、一个姊夫，常跟他通信。姊姊的信很啰叨，一个意思写上几十行，说完又说，信末的"再者"多至两三次。

他再不耐烦去读了，负手绕着屋子踱来踱去，猛然想起他一定有一套灰色的服装，和有一双黑色的皮鞋。为证明这个想象不错，就得翻翻他的日记，看他有没有买过这些东西。结果，在三月份的支出项下，有"灰洋服一套，六十元"，在四月初，又有"黑色皮鞋一双，八元"这两条支账。

第二天早上，郭文田还没有起床，西郎早已来敲他的门了。

郭文田开门迎了他进来，他开始提出了疑问：第一点，黄龙每晚到谁的房间消磨他四个钟头的剩余时间？第二点，黄龙失踪后，他所穿到舞台那套淡绿色洋服何以会在他的房间发现？第三点，他有一双黑皮鞋、一套灰色呢洋服，现在到哪里去了？

郭文田的答复是：第一点，黄龙每晚经常地要到他房间谈半个钟头，大概是商讨明晚的戏剧演出问题，之外，香雪的房间他也常常到，有时还约同大家到市场街吃些东西。第二点，当然是黄龙的小徒弟区洪，把他这套衣服带进去，因为区洪那房间的钥匙，跟黄龙那房间的钥匙是相同的。第三点，他不知道。

这三个回答使西郎很满意，他知道黄龙有个小徒弟区洪了。

戏剧从业员的小徒弟，向来是负责师傅的一切烦琐工作的，向他访问，一定能获得更多的材料。

区洪是一个二十来岁的青年，他有一个冷静的头脑、一张不爱说话的嘴巴。因此，西郎跟他谈话，很觉吃力。

"你是经常追随着黄龙的，应该知道他日常的行动，他近来有什么令他难过的环境，使他必须离开剧团呢？"

"不知道。因为师傅很少跟我谈话。"

"当晚他演剧的时候，演来是不是和平时有点分别，台词比前多些呢？"

"我不是跟他做同场戏，我不知道。"

"香雪告诉我，当晚黄龙的演出很坏，这是心绪不宁的表现，你不觉得吗？"

"不觉得。"

"那么，他的心情很好么？你有什么证明？"

"那晚他跟演员梁友香合股买了一张爱尔兰香槟大彩票。如果心绪不宁，决不会去买一张一个月后才开彩的彩票。"

"我在黄龙的房间睡了一夜，发觉他失去了一双黑皮鞋和一套灰呢洋服，你知道是怎样失去的？"西郎进一步追问。

"不知道。"区洪说这话时，神色有点可疑。

"他是不是有这两样东西？"

"是。"

"他什么时候穿过？换句话说，大约在什么时候失去的？"

"我没注意他，所以记不起。"

"可有借给别人吗？"

"不知道。"

于是西郎沉重地说："这是一宗奇事，我必得设法找回这几件东西，我也许立刻号召全市警探来搜索。"

区洪好像惊惶，但不久又恢复了常态，也没有问西郎一句。

西郎发表了这一段接近恐吓的话，仍旧运用西部侦探的作风，声势汹汹地搜查了一遍，然后走了出去。

侦查了两天，会谈了三次，他所得到的头绪仍旧是微乎其微。

星期六的一整天，完全消耗在大舞台里。他单是独个儿站在舞台上面，便足足站了两个钟头。他从魔术地板走下地窖，再站了一个钟头，然后，他从每一寸地方敲击过，不论墙壁、地面，他都倾耳听过，细细研究过，终于找不到有可通之路，他才决定黄龙的逃走，必定从甬道，然而甬道是通大街的，穿了戏装，他怎能在街上走？他也跟卖"奄奄"的小贩谈过，他的所得，也是微乎其微。

舞台主人严六焦急得像热锅上的蚂蚁，一天到晚都到警厅询问消息，并且由他把黄龙的照片印了几十张，送到警厅，由警厅分发给各埠，凡有中国人居住的地方，都有一张照片存在警厅。

同时，《旧金山中国新闻报》也发出了一段《金门大舞台启事》说：

本舞台因主要男演员黄龙不辞而别，影响所及，致未能继续演出。由停演之日起，一切损失，概归黄龙负责。凡侨胞如发觉黄龙所在时，请以此告之，责以大义，使其早日归来，如有困难问题，本舞台决尽力代其解决。如有收容此人，负担其住宿者，则他日查明，一切损失，当由收容者是问。

此启

此外又有移民局的文告，由《旧金山美国时报》登出，略谓：

黄龙并非美国公民，其资格为游历者，有随时受本局人员询问之义务。此次行踪不明，未经呈报本局，即行他往，显系违法。各地警厅倘发现此人，应立刻予以拘捕，解回本局办理。

文告发出了，各地警厅，立刻注意所有过境的中国人，甚至在十字街头检查他们的公民证或游历证书和护照。一时间，整个加利福尼亚省的侨胞，都受到很大的不便。

别的案件迟些破获不十分成问题，这宗案子的结果实在不能再迟，舞台失去了主角无法上演，还是次要，全省的侨胞受到麻烦，才使这几天来得不到什么朕兆的三手侦探赵西郎感到万分的焦急。第八号侦探觉得他毫无动静，也就串成一堆嘲笑的话，来挪揄这位越级执行侦探职务的青年人。西郎却坚决地认定，只要他尽力去访查，决没有永远黑暗的道理。

美国每一条出口，必须经过移民局严密检查，不论黄龙行踪如何诡秘，总不能够离开了美国的华侨居住地，因此，他就得以最大的忍耐来等候黎明。忍耐，就是祖国一向标榜的美德，他保持了这种美德，任何的讽刺和冷落，他是无动于衷的。

但是奇事突然出现了：

星期日的早晨，年青的伴侣是不会辜负沙丝河河畔的风景的，一个汽车可以达到的草坪，有着临河的巨木，有着出浴于急流的岩石，年青的伴侣就跣了足，拿着钓鱼竿子，一双一对，半斜半倚地坐在石上猎取他们的鲜美午餐。

尊尼跟焦丽，每个星期日像跟沙丝河订了合约似的，一交七点钟，他俩就在这儿出现。但本星期日跟尊尼和焦丽一同出现的，还有一袭中国古式的服装，使他俩感到很奇怪，焦丽拿起一看，正想披在身上以使尊尼惊奇，但尊尼还没有惊奇，她就先行惊呼起来了。

"血、血！"她喊出了，就抛在地上。

尊尼拾起一看，也吃了一惊，为什么这袭中国古式服装的衣领和衣襟，都染满了血迹？

还不到十分钟，小桥边立刻围拢了几十个青年，内里有一个是警察，所以并不很久，那袭染了血迹的中国古式服装，已送入警厅的警官和侦探们的包围中。侦探立刻用显微镜把血迹检验，认定血迹染在衣服上最多经过十小时，血衣在河边逗留时间也没有超过六小时。

午报的记载，也就渲染得更加动人了：

新刺激增加了旧金山华区的紧张空气。在神秘的宝箱中乘风化去的名戏人黄龙所带走的古式戏装，已在沙丝河畔发现了。

血腥破损了风景区的优美，杀害了年青男女游钓的兴趣。沿着沙丝河，都宣传着一个神奇的故事：中国著名戏人给他的妒恨者所刺杀，躯体消逝于沙丝河的激流中，妒恨者凭了名戏人最后所穿的古式服装，充作报告他的亲友的信号。

失踪者竟丧失了他的生命，于是，第八号侦探转而探索这段故事的内容和妒恨者的行踪，将以他精细的头脑和钢铁般的手腕，写这一段血淋淋的故事的开头与结局。

新闻记者已深信失踪者不在人间，然而警厅方面是不承认的：没有发现尸体就不能建立某一个人的死亡消息，尤其赵西郎，他简直没有想到黄龙是已经死了。他深信黄龙尚在人间，现在虽然不能理解血衣的由来，但他相信一定能够获得答案。为了一件血衣，黄龙的失踪案就得多一条线索。他慎重地保留着血衣，沿着血衣的衣脚、衣袖，整天作显微观察，他要推想失踪者从舞台走出来之后，曾到过哪儿去。

正在聚精会神之际，值班警察送来一张名片，上面写着一行英文，是：

密丝嘉兰萧

他闭上眼睛，默想了许久，总记不起这位萧嘉兰小姐是个什么人，在哪儿见过她。最后，他请她到客厅坐着，把东西收拾好，到客厅里会见她。

十分钟后，他走到客厅，先就瞧见了萧嘉兰小姐的背影，她穿了一件淡绿色地挤着剪剪娜花图案的称身洋服，细小的腰肢，趁着一字儿肩膀，下边光着腿子，踏在一双流线型的高跟鞋上，分明是一个体态苗条的少女。

她也许等得不耐烦了，站在窗边观望着大街上往来如梭的车子。他轻轻叫了一声"萧小姐"，她才回过脸来，一张娇嫩而美丽的面孔立刻展开了微笑。

谈话也就开始了。

"赵先生，也许你不认识我，我是认识你的，那天在慈善卖物总会中，你还替我撑场面，买了一打小手帕呢。"她说。

"对的。"他忆起来了，这天她擦上鲜艳的脂粉，不像今天的朴素，"小姐，有什么事情指教呢？"

"没有重要事，我希望知道一点关于黄龙的消息罢了！"

"正如报纸所说，仅仅寻得他的戏装。"

"我向来不信任美国黄色新闻的撰作人的，他们善长以戏剧手法来处理他的新闻稿。"

"你不相信黄龙遗下的衣服么？"

"不，我不相信他是遭妒恨者的毒手的，我很明白他的一切，他从来不冒险。"

"你既深信他还在人间，为什么你还要来问我？"

"我就希望知道你的意见，换一句话说，你是否跟新闻记者一样，估量他死了？"

"我当然有我自己的主张。"

"那么我可以不再骚扰你了。"

她一说完便伸出手来，要向他告别。他没有伸出手来答礼，但说："坐下来谈谈，我正想接见黄龙的朋友，你对他如此关心，一定是他的知己。我以很大的兴趣来跟你再谈一回。"

"你曾接见过他许多朋友么？"

"不，至多五个人。"他说完后，她正想开口，聪明的赵西郎立刻补充一句，"一个女的，四个男的。"

"女的是不是香雪？"

"不错！"他更加感兴趣了，"你认识她很久么？"

"结交并不深，见面朋友而已。赵先生，你还希望多多知道黄龙的个性吗？"

"当然，我先请你把他的交际资料发表，顶好是坦白点。我知道你需要他回返他的岗位，和我没有两样的，是不是？"

萧嘉兰知道对方是一个绝顶聪明的人，早已看透了她的心事，于是她毫不掩饰地说："对的，我今天来见你，希望你不要误会他死了而放弃了搜寻工作。我知道他，我在他的身上得到一种灵感，他是不会死的，他还在人间，总要你能努力，他终于会返舞台，再以他的艺术来饫饱华区的观众。"

"请小姐恕我鲁莽和爽直！"他闪动着英明的眼睛，"我很需要知道你和他之间的情感。你，有没有以超过朋友之爱给予他？"

"不告诉你，有没有影响你的侦查进行呢？"她不能免俗地露出女儿羞态来。

"谢谢你！"他已观察清楚了。

于是两人沉默了一会。

"我可以走吧？"她问，但没有站起来，她知道她对面的同胞是一个无上的智者，好像是一个前知的神，使她甘受他的支配。

"不，我希望知道你还有几多个像跟黄龙一样交情的朋友。"

"赵先生，你是不是怀疑我的朋友就是他的情敌呢？"

"倒也有调查的必要。"

"那么请你不要浪费你的气力。他的情敌全是和蔼的人，决不会加害于他的，你如果走这条路线，保管你很快就失败！"

"我有着求知欲，不一定要在此寻路线呀！"他耸了耸肩膀。

"王敏修、周常、鲁易士……够了够了，上年度的男朋友，你也不需要知道的。"她坦白地说。

"谢谢你！"他一壁把姓名登在册子上，一壁说着，"王敏修，我是认识的；周常住在哪里，做什么生意？鲁易士可是忠诚行的经理？"

"周常是个小经纪，住裁缝街一九八号。鲁易士正是忠诚行经理。赵先生，请你不必登记他们了，他们都是君子。"她看了看时计，"我可以走吗？"

"可以的，小姐，你放心！黄龙终于会返他的舞台的！"

"上帝帮助你！"她伸出手来，大家握了一下。

他送她出到门外，望着她登车去了。他马上开一部车子到裁缝街一九八号，投刺拜访周常。很久，他才被招待入内。

客厅布置很马虎，家具是不同颜色的，四壁毫无秩序地挂上了一元商店的廉价印刷油画、中国商店的月份号和本人照片。另一张刺目的照片，就是周常跟萧嘉兰合影的。

小厮行中国礼，上了一杯清茶。

茶罢，主人以沉重的步履走出来，他有着一脸子的黑肉，这位经纪先生，大约常常下乡去延揽主顾，否则不致这样焦黑，旧金山的太阳并不剧烈，而且因为车辆繁密，行人通常走在人路上，在最大建筑物之下，是不容易吸受当头的阳光的。昨天也许很忙，胡子没有刮，今天的下巴和两腮，像涂上蓝色的墨。

客气了一番，他问周常认识黄龙否？周常答复，曾跟他吃过一次饭。

"你对他怎样批评？"他坦白地问。

"此人简直是吊膀子①大王，我不高兴他！"周常爽快地说。

"有什么证据吗？"

"不需要证据，谁都知道他不是好人！"

"因为他不是好人，所以有人想到要谋杀他，是不是？"

"当然，那种人多留在社会一天，社会就多一天不安宁的日子。"

————————

① 吊膀子：调情，勾搭女人。

"谁想谋杀他，你知道么？"

"你知道么？"

"我接到很多的情报，当然知道。"

"情报内容，有没有提及我呢？"他很关心地问。

"有的，情报人员知道你曾爱上了萧嘉兰小姐，但最近给他弄点手段夺了去。"他说。

"那我被警厅怀疑是一个谋杀犯了，是不是？"他虽然紧张，但不惊惶。

"不至于怀疑。"

"那么你为什么来看我？"

"我就是希望你告诉我谁想谋杀他，所以来看你。假如我怀疑你，我早就教你来看我了！"他笑了笑。

"谁想谋杀他？我坦白点告诉你，就是我。但你不必惊惶，我只是想而已！"

"谢谢你！这使我很明白黄龙，你还能供给我一点资料么？除了萧嘉兰之外，他还爱上过谁？"

"都扳街江南酒楼上的女侍麦芬丽，这是我知道的。还有，但我不识她的名字。可恶的伶人，他还不满足，竟向我的萧嘉兰进攻了！"

"也许萧嘉兰向他进攻，你不能武断啊！"

"否，他是一个吊膀子的能手，我坚决相信的。"

"你说过，你曾跟他吃晚饭，是你请他还是他请你？"

"人家请客，我跟他偶然同席。这种人，我今生也不会请他吃饭。"

"谢谢你，我要告别了。"西郎站起来。

"祝你成功！"他伸手跟他握一下。

剧团传出了愉快的消息，三天之后，大舞台得如常上演戏剧。

报纸上也登出了广告：广东名伶谭醒扬，不日到旧金山，即日起，大舞台开始定座。

人们获得了新刺激，于是黄龙的失踪事件，失去了紧张性，但是赵西郎仍旧以高度的兴味在进行侦查。

他在那日的午间，会见麦芬丽，几乎使他穷于应付。

麦芬丽有着一张爱说话的嘴，问她一声，答你十句，反问你十句；问甲事，她告诉你乙事和丙事，好像非得把自己的身世，完全告诉给所有相识的人不可。

他跟她谈了整整两个钟头，得到的倒不是他所想知道的东西。他的日记簿里，只能作如下的记载：

  麦芬丽的访问，不会找得可贵的资料，但知黄龙是一个轻于约诺的人，对女人是很狡猾的，麦芬丽曾送给他一只袋表、一套杯碟和借了去没有归还的一个巨型的热水瓶。

另一页他又记载着：

  到现在止，我还没有把握着破案的某一要点，因为我得到的资料太缺乏了，虽然其间已露出了一点光明，但案中每一个人给予我的灵感，都是少得可怜！然而一个漂亮的厨师，不一定要买得丰富的肴菜才能做出佳馔，我要做一个漂亮的厨师。

谭醒扬已在西雅图登陆了，舞台主人已把黄龙的房间收拾好，粉饰一通，准备新主角居住。

黄龙的衣服，完全交由区洪代贮，后台上，同时骚动起来，连黄龙的箱子，也得迁到地窖，腾出了空位让新的主角有一个舒服的化妆地方。区洪因此翻动箱子，翻过了之后，突然对剧团里的人说，他无意中找出了一套灰色的洋服和一双黑皮鞋。

在咖啡座里，区洪将此事告诉西郎，西郎很兴奋，立刻跟区洪回到公寓，小心地参观这失而复得的灰洋服和黑皮鞋。

他问区洪："那两样东西放在箱子哪一个地方？"

区洪答："就在第二层，不知何故，他用一套戏装盖在上面，所以不易发觉。"

他点了点头，便要求区洪把衣服交给他，等到黄龙回来之后，才物归原主。

区洪当然答应，于是他携了衣服和皮鞋回到警厅，重新在显微镜下工作，他还把所得的资料登记起来。

只是一双黑皮鞋，已耗了三个钟头，他用小刀将鞋底泥屑削出来，一层一层地分放在小玻璃管里，还用化学药品搀进去，瞧着泥土的变化，逐一又登记起来。

他好像很满意，日记簿上又写上几行：

> 我意外地得到我希望得到的资料了，谢谢区洪，供给我这样丰富的参考。黄龙的失踪案，说不定因这一套灰色洋服和黑色皮鞋而得完满收场。

大舞台以黄龙失踪影响了收入，希望在谭醒扬发台的一周间，弥补一下，所以对于宣传方面，猛下功夫。都扳街的商店饰橱，完全标上谭醒扬登台广告。报上更大吹大擂，什么金喉歌王，什么小生泰斗，闹得满城风雨。

登台约一天，一幅黄布广告高高横跨在马路上，街上还有活动广告，由一个苦力穿着一个背心形木牌，利用前后两幅广告，说是谭醒扬到埠，即晚登台。

这种以人的两肩为支架的背心形广告牌，在旧金山街头上是常见的。美国影院映名片，就雇一名苦力穿着这些广告牌往盛道走。大舞台往日也有这个玩意儿，不过日久没有出现，所以一旦推出来，倒也令人刺目。

赵西郎好像很高兴这位朋友似的，便在街上跟他谈起话来：

"你玩这家伙，每天有多少收入呢？"他问。

"四块钱，四个钟。"肩广告牌的答。

"每次演新剧，你便有生意么？"

"不，每次新角式登台，我才有生意做。"

"这个广告牌，好像是新造的，是不是？"

"是，从前的一个，很轻，这个造得太笨重，我走了三条街，便很吃力。"

"为什么不拿从前的一个来减轻你一点负担呢？"他问。

"不知为什么缘故，也许戏院的杂役当柴薪烧了，所以只好重新做一个吧。"

"也许没有烧去吧？你经过找寻不着吗？"

"我找遍了整个舞台也找不着。"

"那么，你注定得辛苦一些吧。"

"总是讨厌！"他叹了一口气，又蹒跚地走去了。

赵西郎发生了很大的兴趣，直到大舞台去，门前挤满二三十人，围住票房，赶忙定座。新主角的大张照片，全占了门前的墙壁。办事人忙得不可开交。赵西郎没有理会他们，独个儿跑进去，在舞台里盘桓了好些时间，很注意由街道通后台的甬道。

正观察间，经理人陈善祥突然过来，一手拉住他说："我正想去找你谈谈。我们今天收到了一封离奇的函件。"

陈经理从衣袋里掏出了函件交给他展开读着：

大舞台经理先生大鉴：

顷阅《中西日报》，知谭醒扬来美演剧，剧目中有《汉光武走南阳》一出，且定第三晚开演，未知是否即黄龙所演之剧？如大致相同而又有波斯宝箱一幕者，万勿开演！如胆敢开演，本团必加害于谭醒扬，一如黄龙所遇，勿谓言之不先也。

反神道社同人　启

赵西郎读完，反复再看了几次，陈经理不耐烦了，问："教我们怎样办呢？这是一幕挺卖座的戏剧，而且黄龙因此失踪，经美国报纸宣传，美国人一定蜂涌而来的，眼看生意滔滔，怎能不演？怕的是又出乱子，岂不更伤脑筋？"

西郎安慰他说："别担心，我替你尽力好了。你定了期演《汉光武走南阳》那你就演，谭醒扬如有危险，你就问我吧！"

"谭醒扬的安全会不会有问题呢？"陈经理张惶地问。

"不会的。"他笑了起来，把那封信再研究了一番，便放进口袋里去。

"赵先生，上演那一晚，你能多派几个警察来吗？"陈经理又是紧张地问。

"可以的，这样有趣，我还得自己来哩！"他笑着点头。

于是陈经理满意了，他忙得很，又得到别处指挥工人去。

西郎孕着微笑一直回到寓所，他写了一封信给许珍妮：

亲爱的珍：

没见面不觉又两个星期了。我因为办理大舞台的失踪案，这个星期日没有到屋伦见你，你不骂我打网球打昏了吗？

我忙得很，几乎连刮胡子的时间都没有。同时，我接办了那案，得不到好好的线索，所以没有愉快的心情。我向来的习惯，就是非心情愉快不写信的。

今天我很愉快，我的工作已接近休止符号了，奇案的制造者不断地供给我以新鲜的参考资料。在大舞台经理人手上，我又得到一封匿名信，这一封信影响我很大，使我对案的内容更深入，证明我从前逆料的种种假定事实为不错。下一个星期日，我一定得到舒服的假期，与你在屋伦的游乐场，坐在御风而行的车子上，歌唱你教给我的《五月花的故乡》。

但，我要求你一事：明日来金门一行，九时在寓所等你吃早餐。

忠诚的西郎　上

写好了信，派一名走差乘机器脚踏车①送到屋伦一元商店，交给许珍妮。

走差去了，他很得意地躺在沙发，把腿子搁置在桌子上，重新研究那封匿名信。信笺是打字纸，用墨水笔红色墨水，写的是中文，很坏，简直是小学生写的一样糊涂，而且很多错字。少了一撇一划的字太多了，写信的人，平日缺乏国学修养，于此可见。

墨水虽然是红色的，但每十个字的最后一两个，露出很微弱

---

① 机器脚踏车：方言，摩托车的旧称。

的蓝色，可知这支笔本来用蓝色墨水的，大概写信的人怕露出破绽，故意改用红墨水，不料蓝墨水还有些存留在笔管中，不知不觉间又露了痕迹，欲盖弥彰，给予侦探以很好的资料。

晚上，他到大舞台去，还未到七点钟，已经宣布满座。舞台上陈列了七八个花篮，谭醒扬一到旧金山，就拜会他的兄弟叔伯，除了谭姓的人们送礼之外，还有谈姓许姓谢姓的人们都送来，因为谭谈许谢四姓，一辈子是联成一气的。

西郎转到后台，因为是新人登台，后台格外热闹，谭谈许谢四姓的人，很光荣似的脸上挂了笑容，围绕着正在化妆的谭醒扬在搭讪。

西郎在人丛中窥得半个谭醒扬的样子，此人个子很高，体格魁梧，脸却惨白得怕人，他刚把粉涂上右脸，人们争着跟他谈话，乱七八糟，谁都不知他谈的是什么。

赵西郎正在瞭望，背后一个很熟习的声音送过来："赵先生你也来看戏么？"西郎回头一望，正是区洪。

赵西郎招呼一声，便跟他谈起来，谈些关于谭醒扬的历史，区洪举连日所知的告诉他。西郎谈得起劲，便拉了区洪到咖啡座，相对坐下，继续谈下去。

区洪渐渐问到他的师傅失踪事，西郎摇头说："不要提起吧！警厅都认定他不在人间了，我近来忙于侦查别一宗案子，早已不愿再问了。你也不必作他归来的打算，还是看看怎样替他卖掉他的戏装，把钱寄给他在祖国的妻子，好歹尽了你的徒弟责任吧。"

区洪听到这几句话，又恢复了他一贯的态度了，总是摇头不语。

"你还以为他没有死掉么？"西郎挑动他。

"我不管他存亡，我得等候他回来！"区洪徐徐地答。

"你真是傻子！他失踪很久了，如果他还没有死掉，他一定得回来的，为什么让别人侵占了他的主角地位，仍旧不露面呢？可知他一定不在人间了。"

"我怎好卖掉他的戏装？"

"为什么不，趁着新人登台的时候，卖给谭醒扬吧！昨晚谭醒扬只带了一个大箱和一个小箱来，他的戏装一定不很充裕的。"

"新主角未必肯穿旧主角的服装，而且黄龙的东西又是不祥之物。"

"那么我介绍一位朋友，他住在加新奴埠，常常组织剧团，如果你同意的话，我得介绍你跟他谈一谈。"

"很好，假如他肯多出点钱，我不妨卖给他。"

"真的吗？"西郎很是快慰，"我马上打长途电话给他，叫他明天中午来找我，我可以约他到这儿等你，你明午来！"

区洪答应了，于是西郎大谈起他的朋友，说他姓顾，在加新奴经营了一个大果园，每年有三五万块钱的收入，他很疏爽又爱好戏剧艺术。谈了一大串，才跟他告别。

这晚，他好像获得了荣誉似的，喝着酒，打钢琴，歌唱着许珍妮教他的《五月花的故乡》。

当旧金山披上了华丽的晨装，屋伦的平面巨型渡海船便把忙碌的都市男女送过来。

船上的小咖啡间坐着一个穿了时髦美国装束的中国女郎，她披阅着《旧金山时报》，注意华区新闻，她发觉一段关于大舞台的记载。

新闻记者加上了黄色素渲染着今晚的离奇节目，他胡扯侦探部的评论，竟说这神秘的案件终于在神秘的气氛中消逝，因为中国人的案件常常以半公开的方式来解决，这案自然不能例外。然而今晚又重新表演这神秘的戏剧，主角当然换掉了新莅临本土的演员，但最终一幕也许换过一个手法，以免不幸事件踵接发生。侦探部早指定了相当人物在戏院巡逻，希望在这儿得到一点线索。

她读完了，把嘴唇往上一抿，报纸飘然飞落海里。她啜了一杯咖啡，船也抵达彼岸。

人像潮似的在阔约十码的吊桥涌出来，黄灰色的街车鱼贯驶进码头，让搭客依次登车。

在黄灰色车子中间夹杂了一辆浅绿色的标域车，突然在那位女郎的面前停了下来，一个男子伸了头出来，笑着叫珍，女郎快慰地招了招手，车门立刻开了，珍迅速登车，车也就很快地开了出去。

"西郎，你不是说你的案件很快解决么？为什么《时报》登出那段相反的消息呢？"珍说。

"因为侦探得宝贵他的秘密，新闻纸能发表的，只是我们所放弃的东西而已。"西郎答。

"告诉我，到底这一宗案子是怎样的？"珍问。

"我希望在事实证明了我的理想是正确之后，才完全告诉你。我可以答应你，案情让你知得比新闻记者更早，那么你满意吧？"

"你大清早便教我来，是不是告诉我这句话？"

"不，"他笑了起来，"你近来的对话好像比前更有刺了。我要你来，希望你帮助我。"

"你的警厅，是不是除了你一个人之外，什么都没有？"

"什么？你又说笑了。"

"假如尚有别的人的话，为什么竟要我这外行人帮助？"

"我就是需要一个外行人帮助，假如你是警厅的人，我就反而不敢麻烦你了。"

"怪事！要外行人帮助什么？"

于是他很琐细地告诉她：今天他约定了一个名叫区洪的年青伶人吃午餐，同时要派一个人尾随他，把他到过的地方一一登记起来，因为这厮为人很乖巧，非用一个向少在这儿露面的人跟踪他不可。

"你在华区，很少出面，所以最合要求，但不知你答应不？"

她没有反对，吃过了早餐就开始工作。

中午，西郎在咖啡座跟区洪相对坐下。另外一张桌子，珍妮独个儿坐着，拿了一张报纸做掩护工作。

西郎把编好的一套话说出来，他说加新奴的顾先生，今天无暇来此，他把一条戏服单开列得很好，交一个小厮送来，戏服单包含着普通平民装、贵族装、古武士装、古大臣装、皇帝服装等，顾先生希望能以一千五百元美金的价值，换取他所胪列的戏装。

区洪瞧了一瞧，想了一想，便说："此事我得考虑清楚，明天决定答复你。好不好？"

西郎张望了一会，说本来没有问题，不过这个小厮得在明天早上回加新奴，因此要求区洪在今晚答复他。区洪也不反对，西郎便再不提这事。

跟区洪谈到连日大舞台的收入与侨胞对谭醒扬艺术的批评，东拉西扯地谈到一点多钟。区洪要走了，西郎会了账，登上自己的车子，头也不回地向西驶去了。

区洪望着西郎，等到他的影子脱出了他的视点以外才缓缓地踱出大路。

珍妮早已登上预向美国朋友借来的福特车，缓缓地随着他走。

他站在大路的候车处，很快就跳上一辆电车，直往市场街去。到了市场街，他下车，向四边张望了一会，才跳上停在路旁的街车，向南一指，教司机加速驶去。

她便抖擞精神，让自己的车子跟前车的同一速率走着。

越过了煤气厂，车子走在公路上，向着旧金山南区方面驶去。她在想：假如永远同前头的车子保持一定的距离，会惹起区洪的注意。他一经注意，便会改换方向而引诱跟踪者以错误的路线，这是非常危险的。于是她牢记着前车的号数而表现更高的技巧了，她突然向路旁一家小店子停下来，喝了一杯乌绿啤，然后再登车猛驶。她是熟悉了这一条公路的，路的两旁，多数是政府的建筑物，区洪决不会中途停车的。她以三分钟时间喝完了乌绿啤重新向前猛驶，在十五分钟后，她便重复看见了区洪那车子了。

一条以绿树影子织的图案花纹铺在路心的道路，排列鲜明色彩的巧小商店，整洁的石面人行路走着安闲的市民，这就是旧金山南区的轮廓了。

区洪的车在一家咖啡座门前停止了，他给过车费，独个儿走进咖啡座。

珍妮在咖啡座五十码外停了车，走进一家百货公司，透过公司的玻璃饰橱监视着咖啡座的门口。她随意选择着东西，买了几样必需品，然后在玻璃饰橱前徘徊着。

鬼混了约莫一个钟头，区洪从咖啡座出来了，他缓步向东走去，没入一条小巷里。

珍妮绝不放过他，匆匆望小巷走，恰好一到巷口，他影子便消逝于一个淡蓝色墙壁的人家了。她缓步走去，装成不注意的样子，走过了几间屋子才回头一望。这人家，门前有三级石梯级，两扇绿色的大门，门前有白磁铁号码，是十四号。

她默记在心，便缓缓地走出了小巷，兜了一个圈子，仍旧回到原来的巷口，就在可以瞧见巷内的另一小咖啡座里喝茶，随手买了一份杂志，就在近门口处选了一张桌子坐下，远远看着巷内。

约莫等了一个钟头，才见区洪走出来，叫了一部街车，又向北驶去。她迅速会了账，开车子追着他。车子从来时原路走，开到旧金山中心区，他下车换电车返回华区。她一直看着他回到公寓，才算任务完毕，回去复命。

庆功宴在上海楼一间小房间举行，她将今天所见，全报告了西郎。

他拿了一张白纸铺在桌面，把她的高跟鞋脱了下来，拿着小刀小心地把鞋底的泥土削了出来，满意地包好了，然后说："不出我所料，区洪的行踪很是神秘，他在离华区和返华区之间，舍街车不坐而坐电车，可知他是不让人家知道他有较远的旅行的。"

"不错，但他到旧金山南区又为了什么呢？"

"当然很重要，而且今天的远行，是我有意造成的。"

"这点我不明白，你能不能全盘告诉我？"

"打算在今晚十一时三十分以后全盘告诉你。"

"你真怪！为什么要定一个那样晚的时间？难道你不让我回到屋伦去吗？"她张大了眼睛。

"我希望你伴我看一晚广东戏。明天，又伴我破了这宗神秘失踪案。"他耸了耸肩说。

"你的意思，就是在散场后才告诉我吗？"

"是的，"他掏出了两张入场券，"我早定了两个很近舞台的座位了，今晚让我舒服点看看戏吧。"

大舞台的座位很舒服，每张椅都有沙发坐垫，他选了两个正中的座位，便在开场后十五分钟，挽着她的手到了。

美国风改变了中国人的习惯，谁都宝贵他的休息时间，不惜以高价来换取愉快的夜生活。青年男女，尽了他们的所能来修饰他们的晚装，珠光宝气，粉腻脂香，交织成一幅升平盛世的夜景，炫耀着居留黄金国的华侨群的富足与繁荣。

仿罗马古宫建筑的舞台，垂了著名杭州刺绣的枣红色帐幕，故乡最宝贵材料造成的舞台表面装置，一切都是豪华奢侈，表现出中国艺术并不简单，表现出广东戏剧独有的风格，吸引着好奇的美国人，使他在看腻了本国戏剧的某一时期，也来华区消磨他的剩余日子。

戏剧照着一向的公式演下去，不久便到十一时了，全院人士注目的"光武帝入波斯宝箱"的一幕也表演了。

地窖里，站住六七个人，有两名警察。自然谭醒扬没有失踪，戏剧完满收场，大家放下了紧张的心情，陆续散去。

季候风掠过了太平洋的暖流，吹得旧金山的夜晚更加温和了。剧终了，西郎和珍妮，在海滨一间水族馆子吃夜餐。

珍笑着把腕上时计给他看，他点头说："预约的时间，我一定遵守的，不过我还得打一个电话。"说完，走到电话室，谈了一会，便带着微笑重返他的座位，喝了一盆海产什会汤，然后开始他的叙述：

"我最初接受这一宗奇案，我就决定了黄龙遭遇了一件突发的事件而逃亡。逃亡的方法是偶然间想出的，不是预谋的。既不是预谋，当然不会在地窖预挖一条地道或者另开一条隧道的，他一定在别人不大注意的时候，由地窖走上后台，迅速出甬道，由甬道出街外。我也观察过这一条路线，确为剧团各人所不大注意的。"

"不，你的日记里，不是说过甬道口有一个卖麦种子的美国人经常站着么？黄龙穿了戏装，怎能逃出他的视线呢？"她插了这句问话。

"对的，我的问话符号也是指向这个问题的，一直到新人谭醒扬登台，我才发现这个秘密。"

"谭醒扬跟黄龙有关么？"

"不，我不是指这些，我是指因他登台而搬出了一个广告牌。那个广告牌很怪，把扛广告的人的全身都掩盖，只让路人瞧见他的脸。黄龙可能利用这东西逃走的，他把帽子脱去了，抛入地窖的一个放什物的大箱子，马上走出甬道。甬道上，堆放着没用的布景架和广告牌，这是谁都知道的，黄龙触发了这个计划，便迅速穿起了广告牌，闪缩地往街外跑。这种穿广告牌的人，在美国街上是习见的，所以连卖麦种子的美国人也忽略了，他专心注意着他的顾客，除了特别刺激他的事物在他身旁发生外，他是不会注意的，所以黄龙得以利用广告牌逃过了他的视线而出亡了。然而我不能就此武断我的想象没有错误，我得调查这个广告牌的踪迹。于是我询问扛广告人，他告诉我，旧的不知去向，现在的是新造。于是，我决定黄龙出走，确曾携去了广告牌。"他说到这里，侍者端上了两盆烧龙虾。

"他为什么逃走得如此匆忙，难道他不能半夜起床逃走么？为什么连戏服也不及卸下便逃跑呢？"她问。

"我早就告诉你，他遭遇了突发的事件，非出于闪电式的逃亡，便不能挽救危局。"

"这突发的事件，你已经猜着了么？"她问。

"不，我要等候那个失踪者亲口告诉我。"他答。

"失踪者现在已走入你的掌握中么？"

"已走入你的掌握中了。"他愉快地笑。

"什么？我今天到过的旧金山南区就是失踪者的所在吗？"她张着惊疑的眼睛。

"不错，黄龙就在你所说的蓝墙绿门的十四号屋里。"

"你凭什么方法知道呢？我又没有发现他在那儿。"她显得更惊奇。

"要我说明就话长了，"他用手指钳着龙虾，边说边放进嘴里，"当我发觉他的房间失去了灰色洋服和一双黑色皮鞋之后，我设想他一定因为匆忙逃走，不及换衣裳，结果就回头拿了去换。"

"不，"她立刻反驳，"你不是在日记里写着，失去的灰服黑鞋，结果由区洪在箱子里找回么？"

"是的，但他不能在拿了去之后又放进箱子里么？"

"那么，我不明白他为了什么要这样做。"

"由不明白而弄到明白，这就得用我们的灵感。我在发觉了黄龙的灰服黑鞋失踪的时候，我立即感到黄龙一定回来拿了去，但又不是他躬亲来拿，因为他是习惯了穿一色的样子的，决不会拿一件灰服而不拿灰鞋，或拿黑鞋而不拿黑服的。所以，他一定是假手他人。谁是那'他人'呢？我就想到是他的小徒弟区洪了，可是区洪弥缝得很工，怎样也找不出他的破绽，然而我永不放过他。有一天，我派人跟踪他，但他一天到晚没有出去，使我感到技穷。我便转到物色黄龙的情敌方面，我知道他的私生活很坏，在情场上，他又是个罪人，虽然我仍然没有找到他的情敌，但我明白了他此次逃亡，完全因为女人。谭醒扬来了，他又使我对本案多一点资料，就是因为谭的莅临而翻动了他的箱子，于是失踪很久的灰服黑鞋出现了。当区洪交给我之后，我用显微镜验过衣衾和衣脚，又验过了鞋底的泥土，它沾染了乡间的黄泥，黄泥就在面层，可知这一双鞋踏过乡间的黄泥之后，再没有踏过旧金山都市的黑泥了。由此证明，他显然是在乡间脱下鞋来，用纸包裹，拿来放进箱子里。同时我验过鞋里面的四壁，知道经主人穿过，不过几天罢了。由此我的灵感就告诉我：区洪恐怕我因为追究那套灰衣黑鞋，所以通知黄龙，立刻拿回来，放进箱子里，找个机会告诉我，使我不怀疑，而黄龙失踪之后，逃匿在很贴近旧金山的乡间。"他说到这儿，喝了一杯水。

"河畔的血衣，你又怎样解释呢？"她又问。

"河畔的血衣是黄龙放的烟幕。"他答。

"烟幕？他希望人家疑他死掉么？"她仍然不明白。

"是的，他希望我放弃侦查工作，同时欺骗他的敌人，省得敌人再追寻他的踪迹。"

"敌人？谁是他的敌人？"

"天晓得？我凭了灵感，得给他一个敌人，有了敌人，他才会逃亡，而我在构想上，又得到若干利便。"

"你的意思就是说，他因为有一个敌人要杀害他，所以不能不匆匆逃亡，但在逃亡后，仍免不了敌人的追逐，因此他在黑色戏装上涂上血，以绝敌人之望，是不是？但，我问你，血又从哪里来呢？"

"血？"他笑了笑，"黄龙因此而吃掉了一条狗了，我们的医官很能干，他还告诉我，这是一条南美巴西种的小狗哩！"

"你凭什么方法遣役区洪去见黄龙，而居然能够预约我跟着他，难道你有前知的本领吗？"

"我没有前知术，但我有骗术，我虚构了一个顾先生，以高价收买黄龙的旧戏装，而逼他明晨答复，他一定不肯放弃这一笔大财，因此要征求黄龙的意见，同时被我的时间限制，不得不赶快于今天到旧金山南区一行了。"

"这点证明你是一个能干的侦探！"她赞美了一句。

"谢谢你。能干是一个侦探应该具备的条件啊！"

"你打算什么时候到旧金山南区找寻你的失踪者呢？"

"在我们完结了夜餐之后，我得会见我们的兴趣的朋友了。"他举起他的汽水，又喝了一大杯，侍者端上两盆金门湾螃蟹。

"光是我们两个人去吗？"她有些怀疑。

"不，我已打电话给警官沙士京了，还得等候警厅的手令，让我们有毁门而入的权力，才易办理！"说完看看时计，伸出大拇指合拢着中指，往空中一扬，发出"的"的一声，侍者应了句"OK"，递上账单，他会了账，大家迅速吃了螃蟹，匆匆地开车走了。

警官率领四名警察，已坐在警厅门前的车子上，等候西郎。

西郎的车子经过，招呼了一声，警官便把车子开动，冲破了旧金山南区半岛的夜雾，沿着滨海的公路上缓缓地驶去。

车灯已改变了黄色，使迎面而来的车子远远就瞧见，虽然在雾中行走，谁都不愿意响着聒耳的车声，好像有意为恬静的午夜保持着它的庄严似的。

每届一个路的拐弯处，公路局就替旅人设立了一个八角玻璃的反光牌，借汽车本身的灯光，反映入驾驶者的视线，使他晓得他应该转车舵，让汽车随着公路绘画一条曲线。

到了旧金山南区，珍娴熟地把车子停在小巷口。

西郎迅速跳下车，沙士京也停车，四名警察立刻跳下来，一块儿走到十四号的门前。他们并不打门，沙士京命令两名警察越过后街，在十四号的屋后警戒。预计那两名警察，已经找到了立足点了，他们才打门。

屋内起了一阵骚动，才有一个女人声音："谁？"是英语。

"是我，"西郎温文地用广东话答，"请开门。"

"你找谁？"女人用广东话回了一句。

"我找黄龙先生。"

"这儿没有黄龙先生。"

"不，我知道他在这儿，请你不要瞒骗我。"

"你是谁？"分明是准备妥当的语调了。

"我是赵西郎，加利警厅的警探。你不必再考虑了，我带了警厅的命令来的。"他率直地说。

"你……你……"那女人的声音有些震颤。

"开门吧，别多说了。"另一个男的声音。

门开了，五支电筒照射下，西郎瞥见一个五十多岁的男子跟一个三十多岁的妇人，都穿了睡衣裤，外加晨披，脸上充满了惊异的颜色。

大家在明亮灯光的客厅坐下。

西郎温和地问："请问黄龙先生睡了没有？"

"没有睡，他在他的房间。"男的答。

"很好。"西郎低声地，像一个人寿保险公司的经纪似的，"请代通知黄龙先生，请他必须见我们一面，因为我们可以运用警厅交给我们的拘捕命令的。"

那男子毫不动容地走了进去，那女人好像到现在才发觉到她自己是一个中国家庭的主妇，那深夜到来的不速客，也得受她的招待，于是执行中国的礼法，每人有了一盏热茶。

"黄龙是主人的什么人呢？"沙士京发问。

"是我们很疏远的亲戚。"她立刻用圆滑的英语答。

"请问主人的姓名。"西郎问。

"王翼峰。"

"女士是……"

"王太太。"

"王太太，黄龙是在大舞台失踪的一晚到这儿来的么？"西郎说。

"我希望你能问他本人，因为我早答应过他，不论何时、何地、何人，决不泄露他的秘密的。"王太太答。

于是他点了头，大家静默了一会，室内一阵步履声，杂乱得不只一个人，客厅上的空气突然紧张起来，大家张大了眼睛，瞻仰那位失踪两星期之久的名优的风采。

明亮灯光之下，他们看见了因电闪似的失踪而震动了全美的名优黄龙他的风采，已不像他的照片般地暇豫雍容了，深陷的眼睛，苍白的脸色，说明他已在一个伤感的环境中过着日子。

他对于这几位冒了深夜的海雾而来的不速客并不感到惊异，他好像预料到他终有这一天的，但他很懊丧，像一匹完成了长途旅程的马，几乎连头也抬不起来。一走出客厅，他跟他们点了点头，自己就在近门口的椅子坐下来。

"黄龙先生，我们本来想明天早上才来访你，后来急于要知道你出走的原因，所以不得不乘夜骚扰你，而且，又阻碍了王先生宝贵的休息时间。"西郎保持着中国人的客气。

"不要紧的。你可是赵西郎先生？"黄龙问。

"不错，大约区洪在你面前常常提起我吧？"

"是的，"他拖着沉重的声音，"不过他没有告诉我，说你已访到了我的住址。"

"当然我不会告诉他的。"

"先生又怎样晓得我的住所呢？"

"将来我得详细地告诉你，现在时候不早了，我希望你能坦白地公开你出走的经过。"

"可以的，我从箱子底下走出地窖，脱去了帽子，又从后台出甬道……"

他还没有说完，西郎拦着他："我们不是想知道你怎样走出舞台，我们希望知道你为何而走，为何而闪电似的不待终场而走呢？"

"这话说来很长，我不知道从哪里说起。"他答。

"你可以从你跟那人认识的一天起陈述。"

"这也很难，我还是从头陈述的好。在广州，我认识了一位十二小姐，我并不知道她已有了一个拥有权势和金钱的情人的，等到我知道的时候，已经太迟了。她的情人手下有亡命客，有杀人犯，他要杀我是很容易的。我知道了，马上雇了两名保镖，希望他因此而不来骚扰我，但他已下命令，派了一个由先天眼疾造成左眼反常现象的吴亮专担任杀我的工作。一天晚上，在散场时候，吴亮用手枪向我的汽车打了两下，我的保镖伤了一人，经此驳火，我脱险了。后来我到一个县城演剧，我从船登岸的时候，那反常的眼睛又在那儿出现，我另一个保镖当堂被击毙，我的左肩也擦伤了，我立刻伏在地上，他也逃去。经过这两番遇险，我不敢再登台了，直到四个月前，我被聘来美演剧，我以为以后不会再受威胁，不料那夜，演到十点多钟，突然发现了那只熟习而可怖的反常眼睛，又在第四行座位闪动了。"

"你不怀疑自己的眼睛有毛病而造成错觉吗？"西郎插一句。

"不，我再三审视过，那长着一只反常眼睛的人，正是吴亮。当时我马上想到两个办法：第一个是报告警察，要求保护；第二个是逃走。因为报警是很麻烦的，我又没有证据证明他会谋杀我，更不能指一个观众有谋杀的意图。结果，我采了第二个办法，我为了争时间，要在他没有出门之前逃跑了，所以在戏剧未完之前，由地窖窜出甬道而逃。"他很吃力地说完了这段故事。

"你步行来南区的么？"珍兴趣地问。

"不，我在加利街碰到一辆计程汽车，由它把我带到这里来。我身边连车钱都没有，后来由王先生代付。"他指一指王先生。

"王先生是你什么人？"珍打开了话头，一直问下去。

"亲戚，我到了旧金山，才忆起来的亲戚。"

"区洪几时知道你在这儿？"

"第三天，由王先生替我打电话，教他把一套衣服和一双皮鞋送来，他才知道我的踪迹。"

"这就便宜了侦探。"她向西郎笑了笑。

"我早就料到，所以向区洪恐吓，后来区洪到来教你把衣服跟皮鞋送回去，是不是？"西郎说。

"是的，他说美国侦探术很高明，教我把衣服送回，省得惹他找寻。"他答。

"你为什么故弄玄虚，把戏装染上血，放在沙丝河河边？"她更起劲地问。

"因为我不愿意侦探穷追我。我听得人说，美国警察向来大有热心华区的命案，所以我杀了一头狗，替戏服化了装。"黄龙答。

"可是一头巴西种的小狗么？"她问。

"不错。"他惊讶侦探侦查术的正确。

西郎瞧见沙士京冷淡地坐在安乐椅上，打了一个呵欠，他便说："你打算几时才返回你的舞台呢？"

"打听得真确的消息，证明了吴亮已离开旧金山，我才敢露脸。"

"现在的形势，不容许你如此做，你今晚得随我们回旧金山，暂在警厅勾留好了，你赶快收拾吧！"西郎发着命令。

"不，"王先生开声了，"他没有犯罪，警厅没有罪名拘留他。"

"对一个行踪不明的游历者，美国移民局是有权指挥警厅发拘捕命令的，为什么不？"西郎说。

"警厅能保证我不会危险么？"黄龙说。

"可以的，只要你能在我指定的地点居住。"西郎答。

"我能在舞台上活动吗？"

"可以的，只要我指定你一个适当时间。"

"那么，我不争持一切问题了。"他站起来，进去换衣服。

沙士京伸出他粗大的手掌跟西郎握了一下，算是祝贺他的成功，同时把他方才不明白的地方，重复问了一遍。他是美国警界中比较懂得华语的一个，但因为案情复杂，西郎跟黄龙的对话中，许多是不常见的字眼，所以他有一半是莫明其妙的。

警车把黄龙带回警厅，西郎认为本案未到结束时期，一切都保留秘密。

菲力摩街是旧金山偏北的小工业区，市街商店的商业对象是劳动阶级，所以饰橱里都陈列着廉价的货品，商店都是小型化，洁净而玲珑，显出了黄金都市小市民经济的活跃。

街头有一间布置很精巧的小酒排间，一条旋转梯子把人带上二楼。二楼有十来个房间，向街的一间住了一个中国人，旅客簿上写着"梁奇允"，实则就是黄龙的死对头吴亮了。

菲力摩街距离华区很远，但他每天都到华区的酒楼吃早餐，打听着黄龙的消息。他此来是奉了主人的命令，耗了一万元港币，他以游览"金门大展览会"为名，领到了游历证明书，执行了谋杀黄龙的黑命令。

虽然报上登出了黄龙的死亡消息，虽然报上印了黄龙遗下血迹戏装的照片，但他仍然不相信，他知道这眷恋色情生活的青年俳优①决不会轻易放弃他的生命，他得更努力去探访黄龙的消息，不能浪费了短短三个月的特准留境期。

一天的早晨，他读到了一条新闻，这样说：

"仲夏夜之梦"一般的波斯宝箱失人案，终于在第八号侦探手里复活了，失踪案的主角，遗下了他的高足——区洪，在侦探严密的分析下，这是本案唯一的锁钥管理员，第八号的热望，就在他身上"谈出"来。

突然地，区仔就在他所常到的积臣咖啡座被逮捕了，但仅有嫌疑而毫无罪证的逮捕，只有二十四小时，且看我们著名的侦探怎样才不致浪费了这二十四小时吧。

---

① 俳优：古代演滑稽杂戏的艺人，这里指戏剧演员。

很快很快，吴亮在积臣咖啡座出现了。他以偶谈式跟侍者谈起昨天的事情，他又很快地得到了区洪被捕事件的轮廓，大约是这样的：

区洪和他的同伴在积臣咖啡座闲谈，突然来了美国侦探，问他是不是黄龙的小徒弟，他点了点头，于是侦探说，警厅晓得你近日行动有异，一定知道黄龙的秘密，说完便交出拘捕命令，把他带走了。

于是吴亮追问侍者："谁是区洪的同伴？"

侍者说："此人名叫区路文，每日中午，总会来吃东西的。"

吴亮便在会账时多给小账。

到了中午，再到积臣咖啡座，又向那侍者访问，侍者指着近门口的一张小桌子说："这儿长着很长头发的年青人，就是区路文。"

吴亮便向他访问，说是区洪的挚交朋友，很想知道区洪情形如何。

区路文打量了他一番，才慢吞吞地答："区洪现在还没有回来，大约警厅要追出了黄龙的地址才释放他哩。"

"警厅为什么晓得区洪知道黄龙的地址呢？"吴亮问。

"大约因为区洪行踪诡秘，他平日外出，必偕同朋友，近来单独行动的多，似乎另有任务。"

"你跟区洪往来很密，一定知道他的事，能够告诉我些？"

"我可以告诉你的，就是区洪自从黄龙失踪之后，不特不愁闷，还很写意，每天请我吃早饭，吃夜茶。"

"你以为这可以证明黄龙还在人间么？"

"一点不错，他好像不以他失踪为一宗事，大约他知道他不久得回来。"

"谢谢你！"吴亮恐怕露出破绽，他又扯其他的话题，渐渐谈到谭醒扬的演技和最近戏剧风气的转变。直到区路文要走了，吴亮又代他会了账，表示一见如故。

因此，吴亮得被招待到区路文的房间里坐谈。他很快慰，他得到等候区洪归来的机会了，他深信美国报纸所发表的预测，二十四小时后，区洪该恢复自由的。

果然不出他所料，区洪回来了，带了忧郁的神气，逢人便说警厅无理取闹，不知谁说了他的坏话，警厅竟指为有与黄龙同谋的嫌疑而拘捕他。还幸他的口供好，绝无上当的地方，所以在拘留二十四小时之后，恢复了自由。

吴亮完全吸收了这些消息，同时获得区路文的介绍，跟他相识了。他很小心地来猎取黄龙的现况，希望知道他的所在，以便执行那未完成的工作。

他很快慰，因为区洪对他非常满意，整整一天跟他游行。自然，一切费用，由吴亮负担。一直混到深夜，吴亮索性不回旅馆，就跟他同榻。

剧团公寓的夜生活是浪漫的，由十二时开始到三时，每个钟头，都有中国的音乐广播、扑克局、麻雀局、小组音乐演奏会，以及闲谈会，吴亮就参加区洪几个人的闲谈会。

戏人有着一种特性，不论哪一个地域的人，一经谈上十句说话，他就跟你很熟习，一直谈下去，一点没有拘束了。同时，更没有谁来查问那陌生人的根底，甚至不问陌生人的姓名。同游十天八天，始终不知道朋友的姓名，倒是常有的事。

吴亮在剧团公寓玩到三点多钟，才在区洪的床上躺下去，因为一整天的扰攘，一倒下便睡着。

不知在甚些时候，他受了很微弱的震动而惊醒，他张眼一望，瞥见区洪起了床，坐在书案前写字，钢笔摩擦厚纸的声音，在寂静的环境中，特别响亮。

他想秘密探视一下，所以默不作声，半个眼睛偷偷地瞧，区洪已穿了外衣，穿了皮鞋，左手指缝间，夹着一支烟，烟在燃烧，已烧去了三分之二，可知他起床很久了。

等到全支香烟烧到不能再抽，他也就轻轻地站起来，把烟屁股投在烟灰缸里，用轻轻的步履走出了房间。

吴亮听着他开街门的声音，便起床瞧一瞧案头的东西。

区洪写了一张字条，这样说：

　　我有事外出，午间方返，阁下起床后，请通知区路文兄代我锁门可也。

区洪留字

吴亮灵机触动，知道他一定要到黄龙的所在地了，还幸他昨宵没有卸下衬衣，仅仅卸下了皮鞋、外衣便睡觉，所以很快就穿起了衣裳，很快便追出街外。

幸运地，早上的电车很疏落，从华区搭车到市中心，常常得等五分钟至十分钟。当吴亮赶出路口时，看见区洪正站在路边的候车处东张西望，他站立的方向，似乎要向南行。吴亮便转出积臣街，跳上黄色计程汽车，回头向候车处驶过，眼见区洪跳上电车，直向南去。他叫汽车司机节制速度，跟电车保持五十码的距离。美国交通例，电车停站，背后的汽车超越位置是不容许的，所以他紧紧地追随电车，也没有露出破绽。

电车到达终点，加利福尼亚湾出现在他的眼前。区洪下了车，沿着河畔弯弯曲曲地走着，吴亮也跳下了汽车，随手给了汽车司机一张二元的钞票，便在沿途的灌木遮掩下，紧紧地瞧着他的背影，不许他逃出他的视线。

越过好几个果园，便是一列木房子，区洪就在这列木房子附近消失了，这使他很焦急，他知道区洪已经到了目的地，他的师傅黄龙，无疑地居住在这几间木房子的一间。

他想逐间去问"区洪有没有来?"，但又怕打草惊蛇，等于供给黄龙以再度逃亡的信号，他只得装作很豫暇的神气，背负了双手，在这儿散步，偷偷窥看每间房子的室内情形，观察结果，认为第四间成数^①最高，在火炉头上，墙壁上，角架上，都放着各式各样的中国玩品。

---

① 成数：比率。

于是他绕过第六间房子转到在第四间的后门窥望，看见地面上有一个给人家抛弃了的煤油听子①，便触动了他的灵机，把它挽起来，一直向第四间的后门闯进。

恰巧一个老态龙钟的园丁走出来，他不待老年人的询问便开口了："老伯伯，能不能给我一点水呢？"

"可以的，"那老人说，"自来水管就在厨里，你自己去拿吧！"

"谢谢你！"吴亮说着，挽着煤油听子一直走进厨里，把听子放在自来水管下，扭开了水掣，让水源源流出来。

那老人把一盆衣裳端进来，也在等候取水，于是吴亮得到了机会，以偶谈式问起来："想不到这样僻静的地方，也有我们中国人居住哩！"

"一点不奇，"老人答，"我们中国人顶爱好住荒凉的地方的。"

"老伯伯贵姓名？"

"胡文贤。阁下是从唐山初到的吗？"老人打量了他一下，边说边去做自己的工作。

"是的，"吴亮把自来水管关了，"我到这儿不久，打算在附近找个廉价地方造一间木房子。"

这话引起老人的兴趣，他快活起来了："很好，这儿还有空地，我可以介绍你购买的。"

_____

① 听子：指以镀锡或镀锌的铁皮制成，用来装食品、香烟等的筒子、罐子，由英语 tin 翻译得名。

"很好，贵府也是自己建筑的吗？"

"不，是向一个犹太人租来的，我们的东家也想自建一间了。"

"贵东家是谁？"

"巫兼善，是旧金山的殷商①。"

"巫兼善，我很像见过他，呀，对了！"吴亮乘机进一步说，"有一晚，我在金门大舞台的后台见过他，这时，那儿很多伶人，我还记得，他坐在一个伶人的戏箱上哩，不过，又不像，老伯伯，巫先生有第二个名字么？"

"没有。"

"他很爱好伶人么？常常跟伶人往来吗？"

"不错的，他常常给我很大的麻烦，伶人们是爱夜生活的动物，一到这里住宿，非到晚间三四点钟不睡。我的职责是管家，自然得陪伴他们。本来深夜才睡不算一回事，可是早上我得送东家的孩子上学校，又不得不陪他大清早起床，那简直是苦事。"老人摇头叹气。

"常常有伶人到这儿住宿么？"

"是的，一个月总有十天以上。"

"现在有吗？"

"有，不过我不愿意告诉你，这属于人家的闲话，我的东家早就关照我，叫我别向人家提起的。"老人用低哑的声调在他的耳畔

---

① 殷商：财富殷实的商人。

说着。

"有什么要紧？我是一个最崇拜伶人的人，伶人的消息，我一向是高兴打听的，现在在这儿住的，到底是谁？"他把耳朵凑近老人的嘴巴。

"我不想告诉你，你自己去瞧瞧吧，出了甬道就是客房，他住在那儿的，你可以在窗外探望一下，但不要声张。"

吴亮听了这话，心花怒放。他想，他这次不惜远涉重洋而来的使命，今天也许成功了。一支勃郎林手枪，是常常密藏在身上的，能够让他在窗外把子弹射进房间里，可算是一个再不会失败的射击。

老人把厨门开了，露出了一条甬道，他走进去，轻轻地一步步走着，瞧见一个小天阶，天阶的前面有一个窗子，窗子开着，室中景物一半掩在窗纱里，一半明晰地投入他的视线。但他并不让全部景物投入他的视线，他知道当他完全瞧见了人家，就等于把自己的面目完全显露在人家的眼前。

他利用他的听觉，他听到老人在厨里浣濯他的衣裳声，他很安慰，老人没有尾随他，他可以自由行动而不受牵制。他另外一个听神经，又寄托在室里所发出的声音：

"听说从墨西哥方面逃亡是很容易的，我现在已派人去打听了！"

这是他在舞台所习听的声音，一种柔滑清楚、经过训练的声带所发出的声音，那不是黄龙是谁？

"我以为你还是把这事向会馆报告，才是正当解决的方法。"

分明是区洪的声音。

"不，你说得腻了，整整一个星期，你都是这样说。"黄龙似乎动了火，"你不去打听便罢，不要破坏我的计划。"

"不是破坏你的计划，我正是成全你，剧团里的导演郭文田都和我一样意见。"区洪说。

"呀！你竟向郭文田泄露我的秘密吗？"

"不，他从侦探部打听出来的，不干我的事。"

"什么，侦探部知道了我的事情么？"他有些战栗了。

"欲要人不知，除非己莫为！"区洪背了两句舞台上惯用的台词。

"啪！"清脆的声音，是他给他的徒弟的一记耳光；跟着是一声"啊呀！"，一个重力关门的声音。

他知道室中已剩下了黄龙一个人了，灵机告诉他，这是一个再不能放过的机会。他急遽回头一望，老人还在厨里，他的背后除了几盆玫瑰花之外，没有任何生物。

他迅速从腰际拔出手枪，突然在窗中出现他的半身，把枪口对着室内站着的黄龙。

黄龙也觉得眼前闪着一个晃动的影子，回头瞧来。

他找到一个最正确的距离和足以致命的目标，扳机便发，但闻"呱嗒"一声，子弹没有射出，枪声也没有响，再扳机掣，仍旧没有子弹射出。

他惊愕了，背后突然爆发了一阵笑声，他回头一望，正是厨里的老人。

他的思想被扰乱，不知道自己应该怎样去处理这突发的意外事件：不管那老人而跳进窗子里以其他方法杀死黄龙么？还是先击倒那神秘的老人呢？

无论如何，他不能在这短短的几秒钟决定他的行动，他不自知他已被操纵于人家造成的圈套里。

但老人已不待他再考虑而把他一切动作停止了，从容地，从身上拔出一支小巧的法勃云手枪，然后展开了笑容说："吴先生，请你把你的枪交给我，你的子弹在昨晚已经由区洪替你收藏得很好了！"

"呀！你……"他惊讶得几乎说不出话来，手枪跌在地上。

"我是赵西郎，"老人很快卸下了假发和假须，回头叫了一句，"大家都出来谈谈吧！"

于是黄龙和区洪完结了这一次戏剧化的演出而次第出现于吴亮之前了。

吴亮至此，才明白他从读报到拔枪击人，一直都是在西郎的导演下表演着。

他功败垂成了，走了七千多海里，终于把他自己送到一个从未到过的监狱中，于是愤怒之火燃炽他的心，像猛狮一样跳跃起来了，他想抢夺西郎手上的武器，然而很快地，他被掷到墙角，后脑跟墙壁碰了一下，几乎晕了过去。

珍也从厅中走出来了，问了一声："我们可以通知本宅的主人，请他从邻家迁回来吗？"

"可以的，"西郎答，"我们的戏剧已经完满收场，我准备向法庭控告吴先生一个谋杀未遂罪。"

"不！"吴亮抗议，"你凭什么证据？"

"六颗子弹跟一支没有执照的手枪够不够？"

"在美国的中国人，谁没有一支手枪！"

"那么，"西郎回头望了区洪一眼，"我给你的工作，已经完成吗？"

"对不起！"区洪举起他小巧的摄影机，"我奉命在门缝拍摄吴亮枪击师傅的动态时，恰巧太阳给云遮盖了，虽然拍进镜箱①，但将来不很明晰。"

"不要紧，镜箱里装上的是快片。吴先生，这也许是够送你到监牢住七年的证据了。"西郎笑着说。

区洪把他拖起来，黄龙拾起了地上的手枪，一干人都到警厅去。

第二天，全市报纸以第一版地位让给这"波斯宝箱失人案"的最后消息，蓝鹰复兴运动②新闻只好退居第二版，但华区的同胞很愤慨，谁都知道这是赵西郎的杰作，但由头一个字到最后一个字，没有提到赵西郎，文中提及第八号侦探多至二十余次，连第

———————————

① 镜箱：照相机。
② 蓝鹰复兴运动：指 1933 年为保证《全国工业复兴法》的实施，美国政府发动的以"人尽其职"为宗旨的一场经济变革运动。因凡遵守该法的企业均悬挂蓝鹰标志，故此次运动史称"蓝鹰运动"（Blue Eagle）。

八号侦探生平经手的案件都被引用。

珍把愤愤不平之气用打字机打成了一封长函，打算送给每一家报社，但赵西郎读完了之后，把长函夹进日记册里，笑着说："忍耐才是中国传统的美德，中国人的好处，无须从中国人的嘴里嚷出来，让那聪明的民族缓缓儿体会吧！"

第二案　大厦之火

美西的豪华中心是旧金山，旧金山的豪华中心是市场街，市场街一天中的豪华中心是晚上九时。

　　百货公司、服装公司以及家具公司一到晚上都停止营业，吐出了每天挤拥着的顾客和服务员来增加市街的热闹。虽然这三种巨型商店停止营业，但它并不放弃它明天的顾客，所以在晚上格外注意它的门面装饰，把全店的灯火都集中在两边饰橱里，把全店最惹人注目的货品都集中灯火下。霓虹管已不大时髦，让荧光灯充当了二十世纪四十年代司管光明的主人吧，她是那般柔美和高贵！

　　霓虹管，便以夜间诙谐角式的姿态出现了，彩色的转变，熄灭与重亮的赶连活动，人们视觉错误，和印象重现的视学原理的运用，于是红色光辉的马儿在绿波荡漾中奔跑的广告画成功了。当你还不曾欣赏得透彻，第二张活动的骆驼牌香烟广告又在抢夺你的眼睛。在一个巨大的着色霓虹管砌成的烟包中，骆驼蹒跚地逃出烟包之外，不久又淡出了第二匹来。

　　这是市场街的远景，远景使你惊讶，近景使你流连。每家商店都在他的饰橱中作战，突击的，奇袭的，争取你的视线。每一种奇巧的装饰以直接的感觉来打动你的心弦，诉说他的货品是最适宜于你的生活的享受。

　　服装店的蜡像已不是专讲究身材的美术品了，他们陈列了身材恶劣的女人模型，巧妙地运用裁缝的技巧来补救，同一花式和色彩的服装，常常用不同的剪裁法来迎合不划一身段的女人的需求。他表示着对顾客的关心，无论谁都不能让这含了展览意味的装置从自己的视线滑过。

爱好新奇是美国人士的特性，假如美西人士的祖先没有爱好新奇的心理，他怎会携了家眷驾着篷车从美东走几千里路到这大陆的尽头居住呢？路上走着的既然带了祖先好奇的血液的人，所以对新的生活工具格外感觉兴趣了。商店为了满足他们，每天都设法介绍世界最进步的工具出来，饰橱就是最前线。

几乎像钢琴的黑白钮的排列一样，三家商店中就有一家戏院或食物馆子，这是美西人士消磨他的夜生活的去处。灯火像御林军拥护着皇帝一样拥护着戏院，人们走到戏院门前，先得把眼睛里的光圈收得紧紧。戏院老板没有关心过每个月月抄的电费账单，他知道美国人士非痛快不可，但求痛快，不必问浪费多少，甚至按着每个星期改换灯光的色彩一次，他们也吃得消。瞧！对门的一家戏院不是假借了十八国百货公司的天台来放射探照灯，使得今期的映片名字更光芒地射进每个游客的眼球里么？

除非你害了很严重的胃病，否则你在市场街鬼混半晚，非得两三次进入食物馆子不可，因为这儿的食物馆子分为两种：一种是吃得饱的，一种是吃不饱的。前者代表大小餐间，后者代表咖啡座、饮冰室和酒排间。

一个怀着了饱满肚子的游客在路上走着，怎样使他重复走进来再吃一点东西呢？这就是小食物馆子的课题。他们在饰橱，在门口巧妙地布置着地网天罗，要捕捉那怀着饱满的肚子的游客，以消耗他早就准备好的食物。

假如你凭它的门面装饰来评定那间馆子是哪一国人开的，你就大错特错：一家全部罗马装饰的店子，不一定是矮小的意大利人开的；一家纯非洲风味的店子，更是一群从没有到过原始森林的美国人开的。这不同风味的装饰，就是吸收顾客的工具而非表现民族的符号。

一株南美热带的小棕树的影里，蹲伏了一头小猿猴，和用荧光灯的蓝光线，使店子像在清晨的太阳中。老板在晚上十点钟出售热带的晨餐，一杯代羊奶椰汁、一串投在火里烤熟的羊肉、一盘杂果，由一个黄棕色脸子的墨西哥人双手端上来。这唯一的宝贝，就是整间店子顶热带化的人物了。

当你偶然站在门前瞻仰着那奇怪的布置之时，一阵阵花香、椰香，给电风扇的风带上来，透进你的鼻子。室里满孕了笑意的客人出出进进，墨西哥侍者忙碌地穿插于人丛中，这些景色映进你的眼帘，你的尝试欲会本能地炽盛起来，两条腿子不期而然地走了进去。

等到你吃饱了之后，你仍须通过布满了吃的诱惑的店子才得回家，于是一阵迷人的钢琴跟四弦琴合奏的调子，钻进你的耳朵，当你稍一留意右手边的店子，你马上把进行着的步伐停止了。

这是一家阴沉黑暗的店子，门面一点无须乎装饰，几条简单的线条，一个小饰橱。橱内没有很亮的灯火，仅仅两支给控制过的幻色电炬，让游客模糊地辨出摆着一个神像而已。

走进去，灯光更加暗得怖人了，然而它有它的理由，它好像不愿意人家瞧见墙壁，又好像不愿意人家瞧见了邻桌的男女，做着一个什么动作，仿佛这一个场合是耳的享受，是脑的享受。低哑的乐声，软弱的耳语，这使人类有时会感到舒服，愉快。

桌子上摆着各种色彩的酒，在高腿子玻璃杯的包围中，常常陈列了一盆小巧的饼干、干面片，或者是一盆殷红色的士拖碧里①。酒后，便是通过机器搏击的清凉饮料，薄荷挥发着它的气息，包办了室里的气氛。

市场街的尽头，矗立了一家巍峨的罗马式戏院，当你走到它的门前，你就得感觉到它的高贵。因为它门前的人行路，经常铺上一张殷红色的名贵大地毡。

门口售票的地方，布置得像古皇宫一样，墙壁是雕刻的，高得像教堂，还有一条阔大的梯级，可以把观众排成十六纵队走着而还绰有余裕。一进到观众座，你立刻瞧见一张比普通影院大四倍的银幕，但在放映时间，画面只占银幕正中的二分一，不过他们装上一架特制的放映机，当一个挤拥着多人的场面出现时，这特制放映机立刻换上一个镜头，使银幕扩大到填满了银幕，使观众能够明晰地瞧见了一个雄伟的远景。

赵西郎和许珍妮在银幕下占了两个座位。这天戏院映一张侦探片子，名字是《赌国的皇冠》，描写一个美国人在赌国蒙地卡罗

---

① 士拖碧里：英语 strawberry 的音译，即草莓，港译一般为"士多啤梨"。

赌败了，他带了仅有的财产——一个钻石表回返美国，他要跟美国的警察来一次巨大的赌博，把钻石表换了现金，在一个犹太人手里，买了一间为犹太人所放弃的杂货店子，更向保险公司投买火险，到了相当时期，他便点起一把火把店子烧光了，他向保险公司索赔，那便赚了近乎一倍的溢利。

警探们起了疑心，终于在赌国中刺探得他的赌史，更向犹太人访问得放弃那店子的原因，才发现他的"人弃我取"的政策是为了放火而非做生意，结果凭了若干证据把他逮捕。

这虽然是一个肤浅的侦探题材，很可以反映出美国社会间常有这种以自己的名誉来下赌注的人。珍妮的世故未深，更加叹为人海奇观了。

午前餐在积臣咖啡座举行。一群熟悉的面孔围绕着西郎和珍，大家又想在西郎身上吸收点侦探常识了。西郎很爱跟积臣咖啡座里的顾客谈天，因为他在华区里所相识的同胞，只有这一群人。他经常报告美国每一省侦探总部所破获的案件。在一个承平时期，社会上再没有比侦探案更动人的新闻了。

当他复述今晚所看过的戏剧的时候，积臣咖啡店的老板何山用鼻子哼了一声，好像表示他对此事的抗议。

西郎问："老何，为什么，你觉得这故事出了毛病么？"

"不，不过美国人比中国人来得笨拙些吧！"何山答。

"中国也有这样的故事么？"

"是的，上海有一个名词是'天红党'，就是一群以放火为专业的歹人的总称，他们对于放火的技术很老到，布下的证据也很充分。一个号称'大王'的，他从四马路讨了一个妓女做小老婆，就搬她到店子的楼上居住，他放火的一晚，更连小老婆都化为灰烬，使巡捕房坚信他的火不是故意放的。"

"这不是中国贼匪的进步而是中国警界的退步而已！"西郎说。

"不见得吧，假如上海放火大王来到了旧金山，未必不能够写意地收他的保险费的。"何山答。

"我以为这是你过虑吧！你也能够说出放火大王的计划，难道警探不能够吗？"

"一点不错，上海巡捕房就明知他的绰号叫'造放火大王'，但始终没有证据送他进牢子，他不只很镇定，而且常常跟巡捕们往来。"

"我不知道上海的巡捕房腐化到怎样程度，但我敢发誓，假如他来到旧金山，天一红他就得走进牢狱了。"西郎说。

"谈何容易？美国警察挺重证据，没有证据的拘留，不能超过二十四小时，这点常常给予匪徒以运用巧思的机会。上海捕房就有长时间拘留嫌疑人的利便，这是美国警察不及上海的巡捕的地方。放火大王如果来了，他们只有瞠目结舌而已。"

何山依然牢牢地握定他的主张，这使西郎很不舒服，他是美国侦探万能的歌颂者，他认定美国无不破之案，所差的只是时间问题，因为美国有万多个职业侦探，有近于两万的业余侦探，差不多每一百个青年中，就有十来个是业余侦探家，往往举他的所知，告诉给当地警探，使一宗案件意外迅速破获。

最后，何山提出一个奇异的问题来：

"西郎，前晚南郊谭美士大厦火灾，警探有没有怀疑到有人放火呢？"

西郎思索了一回才答："仿佛有人提过了，警探访查了一整天，但都说没有可疑地方。"

"一个放火犯决不会泄露出一点可疑地方来招警探的注意。但我就怀疑这一次火灾，必有一个放火犯。"何山说。

"你从前天到现在，没有离开过本街一步吗？"西郎问。

"没有。"

"那么你凭什么光学眼镜来参与火场的巡礼呢？"

"我凭一双耳朵。"

"哪儿打听得来的鸟事？"

"从许老四口中。"

"谁？许老四参观过火场么？"

"不，许老四是谭美士大厦的新任厨师。可怜那倒霉的老头儿，仅到任一个星期，身手都没有施展过一次，便要离职回家了。他本来备准到屋伦充当一家中国酒楼的厨师，后来听得美国巨绅谭美士先生要雇一个厨师，他希望把中国最好的菜式介绍给美国人，便兴高采烈地辞了中国酒楼的厨师不干，而接受谭美士的定款。现在给一场大火，焚掉了他的前途，他昨天到来诉苦，问积臣咖啡店要不要人帮闲，他还发一段牢骚，说到这一场大火真不舒服，他最后退出大厦，曾巡视一过，并没有火种遗下，但当他回家后三小时，大厦竟给火神吞没了。"

西郎听得津津有味了，他要何山立刻介绍他认识许老四。

何山瞧了瞧手表说："许老四现在很忙，大约再过两个钟头，他可以闲一点，那时我请他来谈好了。"

"不，我想立刻见他，因为我明天早上有个约会，今晚非早点睡觉不可，我不能再等两个钟头了，请你告诉我，他现在在哪里？"西郎站了起来。

"你一定要见他，你可以到桌球俱乐部一行。今晚，俱乐部的厨师请假，请他去暂代，不过在厨里谈话，不很方便吧。"何山说。

"不要紧，厨里倒是一个谈论当道的好所在，泰来士大国务卿不是常常在厨里发表政见么？"西郎说着，会了账，拉着珍的手走了。

华区只有一间桌球俱乐部，正门向街，小门开在小巷里，厨间就是从小门进出。一个曾在美国地方居住过的人，就晓得美国都市人家的厨间很讲究，地板和墙壁，和客厅一样干燥而清洁，许多主妇还高兴在厨里聚餐，一家人围绕着铺上漆花布的食案，吃得很舒服。

俱乐部厨里的洁净，并不下于人家，而且很宽敞，中间陈列着一张方桌子，近门口是一座铁造的洋式煤气炉灶。称作"炉灶"倒不如称作"橱"，它的样式是橱形，平面有四个圆孔，安放了锑或铝制造的煮食器具，每只家伙都冒着烟。橱的腰部，可以开小门，可以拉出一个抽屉，里面盛着猪肉、牛肉和火鸡，抽屉在煤气管的包围中，起着灼焗的作用。最悦目的是电气冰箱，流线的角度，乳白的色泽，庄严而高贵！最悦耳的是小犊肉在灼热的脂肪中起蒸发作用所发出的声音，最刺鼻的也就是蒸发后丙种维他命带着鲜肉的气息弥漫在空气中的香气。这能引起人们的食欲，因而感觉到厨的可爱！

巨型炉灶的右边是一张三层的桌子，最下的一层，安装了四个小巧的机器，有两个是电动的：一个像麦片听子的家伙，顶上有一个通风的地球仪，这是拌鸟卵器，揭开了盖子，打开鸟卵，倒进去，开了电关，小马达转动，鸟卵自动地被拌匀了，厨师可以腾出忙碌的一双手来做别的工夫，让鸟卵相当时间给器械弄到雪花样白，然后等待厨师的征用；另外一个是碎肉机，只须把电机一按，不论一磅或两磅的肉类，在一分钟后从另一端把肉酱送出来。此外需要人力的是压榨果汁器和切菜器。

墙壁上悬着种种专用的刀子、刨、剪刀和锯，单是剪刀就有十八种，像削马铃薯的，刀口是新月形的，削菠萝的刀口像个问话符号。

差不多每一家带有营业性的厨间都拥有这么多的器械，以争取空间。他们不是为厨师着想，而关心到那引领期望的顾客，恐怕因等得太久而视俱乐部为畏途。

忙碌地工作的许老四，就在煤气炉灶的旁边招待那两位不速之客。助手恰好弄好了两客咖啡跟烤面，正想搬到银盘上，许老四一手拿来充作招待贵宾之用，教助手另外弄过两客咖啡给俱乐部的顾客。

他还娴熟地把一块牛肉投进铝铛里，然后拿白布拭净了双手，走到正中的桌子边，拉了三把椅子出来，教西郎跟珍坐下，替他下了三片方糖，才开口问西郎为了什么事找他。

西郎把何山关于他的报告复述了一遍，然后介绍出自己的职业。

许老四扯开了笑口说："啊，你就是破获黄龙失踪案的赵先生么？"他重新替他点了一支卷烟。

"这是珍妮小姐，我的好朋友。"西郎介绍珍给许老四。

许老四问珍贵姓，珍说出了姓许，许老四好像舒服了许多，虽然他是一个离开了祖国三十多年的老华侨，但他始终不忘记祖国的礼仪，他认为介绍一个同胞给自己人相识，万不能忽略了姓氏，中国人顶宝贵他的姓氏，名可以忽略，叫他作"阿许"也可以，"老许"也可以，但不能单叫"老四"。祖先把姓氏放在头一个字，暗示它的重要性。像美国人的"尊""珍"和"汤"地叫，他们自有他的风俗，一辈子是把名字列在第一而把祖传的姓氏放在尾巴的。

许老四常常说，美国人很多长大了就跟父母脱离家庭生活，在街头相遇，客客气气点一下头，真是个无父之国，他很不赞成，所以他在每次认识一个青年的侨胞，他一定会问明姓氏，还把这一套理论演述出来，提起大家对民族的警觉性。

许老四受祖国的教育虽不深厚，但对于中国的固有良好道德传统，极力保留，不因异国的风气而转移，这可以代表一般老年的华侨的头脑，也就是中国伟大的民族文化富于持久支配性的证据。

谈锋不久又转回正题，许老四欢迎西郎对这案件的访问，他告诉他，大厦恰好建竣，打算星期六举行开幕礼，是晚设宴，不料星期一就给一场火烧光了。

"你怎知道大厦在星期六晚开幕呢？"西郎问。

"为什么我不知道？主人教我准备五十份挺好的晚餐，声明以中国菜式而仍用美国人食法的。他使我充分准备起见，预告我这一个日期，他连晚宴名片也在印刷所印好。名片上，还声明是中国菜式。我很失意，因为我对于这五十份晚餐太重视了，筹备得太紧张了，我打算尽了我生平最巧妙的方法来调制，有意让美国人惊奇于中国人对饮食风味的讲求！"他叹了口气。

"你凭什么理由怀疑这一场火是有人放的呢？"

"就因为我离开大厦之前，小心察视过所有的地方，才会同黑人管家把大厦关锁的，不料过了一小时，大厦给火吞没了。假如没有人点起一把火，它怎会燃烧呢？"

"黑人管家也跟你一样怀疑火是人放的吗？"西郎问。

"是的，他跟我一起巡视过每一个角落，看过没有什么意外，才把大门锁上，所以他也说，除了人家放火之外，决不会因为我们留下火种而焚烧。"许老四答。

"大厦主人也怀疑火是别人放的吗？"

"当然，主人要求警探努力调查，他说，这一次火灾应该是一宗案子，他希望能把放火犯捕获，追出他放火的原因，看他对他有什么仇恨？他还允许出一千元悬赏，谁捕获放火犯，谁就得奖。"他说到里，助手递过来一张食品定单，他接了过来瞧了瞧，又得做他的工作。

西郎好像有很多不明白的地方要问，依然坐着不走，珍不耐烦了：

"西郎，你还谈下去么？他不是把事实全告诉你么？"珍说。

"不，我还得问，为什么大厦已经落成，主人还不迁进去？"

"老许不是说过吗？大厦将在星期六日行落成礼，在行礼之前，主人不愿意进去，因为主人很富有，拥有好几间房子，这不过是他的别墅而已。"珍说。

"他不迁进去倒还罢了，为什么连黑仆和厨师都不让他进去看守呢？"

"也许他不高兴让仆人占了房子的初夜权。美国人常常有这样的特性，这是不足为奇的。"

"还有第三个问题，那晚主人在哪里？"

"当然不在大厦里。"珍笑了笑。

许老四忙碌了一会，已把应该放进锅里的东西都放进去了，拿巾揩拭着双手，缓步走过来，边走边说："警探好似对此事漠不关心，我真不舒服，假如放火犯捉不到，直叫人气煞。一间建筑了四间月的花园大厦，还没有行落成礼，就给火烧光了。"

西郎也点着头说："这是警探不应有的态度啊，对于找不出原因的火灾，照例得进行调查。老许，警探有问过你吗？"

"有的，但问了几句便算完了一宗事，他们对于大厦主人的一千元悬赏，像满不在乎的。我希望你替大厦主人擒捕那放火犯，放他进牢狱里，住个十年八载。"许老四气愤愤地说。

"很好，我还有几个问题问你：第一点，主人为什么不迁进去？第二，何以不教你同黑仆人进去居住？第三，火灾之夜，他在哪里？"

"第一，他要落成礼举行之后才来居住，所以暂不进去；第二，因为星期日这天，电力局工人休假，星期一又忙于别的事务，没有来驳总线，我们不便进去居住；第三，大厦主人星期六晚乘飞机到芝加哥去，火灾之夜，他还没有赶回来。"

"他告诉你，他到了芝加哥去吗？"西郎问。

"是的，他的飞机票还是黑仆人经手去买的，所以我也知道他到了芝加哥去。"许老四说。

"西郎，"珍插嘴了，"从这儿到芝加哥，飞机得飞行十小时么？"

"虽不至十小时，也得花上五小时的时间。"西郎说。

一阵焦肉的气息送过来，许老四抢着去做他未竟的工作了。

于是赵西郎兴致阑珊地向许老四握别，又和珍手挽手地回去了。

穿过弥漫着浓雾的夜街，他把车子开得像小驴车一样的速率，珍开始本案的谈话了："你还以为是一个天红党的玩意吗？"

"很难说。"西郎说。

"火灾之夜，大厦主人谭美士不是在芝加哥吗？难道他在芝加哥掷一个燃烧弹把大厦烧光么？"

"他不能假手别人的吗？"

"那么，许老四跟黑仆人都是你的疑犯了！"

"许老四决不会同情一个放火犯，但黑仆人就非调查一下不可！"

"你知道他曾投买保险吗？"

"不特我知道，你也应该知道啊！"

"什么，"珍怪叫起来，"我不是侦探，怎能知道？"

"报纸不是登载过吗？那大厦是哥伦比亚公司保险的，为什么你不知道？"

"谁去管那些枯燥新闻？我的时间得用在探访新发明化妆品的消息上哩。"

"这也难怪，假如化妆品公司火警，也许你会关心的，我们做侦探的就不能，什么案子都得留心，有时一段很普通的消息，常常会演变得很严重的。我明日打算去哥伦比亚公司访问，看他投买了多少保险费。"西郎说。

"我以为这宗案子会使你白走一遭，因为警探都不管，可知他们把这事看透了，认为没有内容，倒是一宗很平凡的失火案。"珍冷冷地说。

"不，"他把车子停了，开门下车，继续他的谈话，"我管不管，还等待见了保险公司经理再说。假如经理先生怀疑大厦的火灾是人放的，我就开始我的侦探行动；假如他们都像你一样态度，我也就不管了。"说着把钥匙投进门锁的小孔里，转动一下，门开了。

珍推门进去，一壁喝着冰水，一壁问："保险公司不是常川雇了两名包探^①么？"

"是的，但包探让事找人，决不肯以人找事。他们早已厌恶侦探生涯，做事很是麻木。他们的工作，是怎样使一宗离奇案子，化为平凡，进一步使平凡案子，不成为案子。所以包探这东西，有不如无。"

从华区到银行街，相距半哩^②之遥，但加省商行好像矗立于华区每家屋宇的楼顶一样。华区的地形，像个 M 字，加省商行在地平线高高地筑起来。华区虽在海拔百多尺的小山上建立，但在华区望加省商行，还是像放在华区的楼顶一样。

加省商行是全城最高的建筑物，全楼四十六层，包含几百家商行的办事处，所以又称"千家行"。单说电梯，就有三十多座，门口设一个总号房，一个管理员常川站立，专供来客咨询的。他把几百家商行办事处名字、楼层，背得烂熟，故此西郎一问哥伦比亚保险公司在哪里，他立刻指出第二十六层的左排第四间。同时，他指示他搭第十三十四两号电梯，可以抵达。假如弄错，会给送上不同层数，那时就碍事了。

电梯的速率，超出了市政府的规定，假如不幸搭客是个心

---

① 包探：也称"包打听"，旧指在巡捕房中工作的侦探。后泛指消息灵通、善探稳私的人。
② 哩：英语 mile 的译名。英美制长度单位，一哩等于 5280 英尺，合 1609 米。中国大陆地区目前已停用此字，写作"英里"。

脏病者，会被吓至非入医院休养不可。所以，他很快便登上第二十六层，坐在哥伦比亚公司经理先生对面的摇椅上谈话了。

谈到谭美士大厦的事，经理先生翻开了一个簿，指给他看：本大厦由本月一日起保，建筑费五万五千元，家具及灯饰，一万二千元，但他只投买五万元保险费。

包探调查报告：谭美士有三十万至四十万左右的财产，是个殷实商人；谭美士夫人，是意大利人，父贵族，也相当富有。

西郎问："此次突然火警，公司已经把五万元保费送给他吗？"

"还没有送给他，公司例：凡起火原因未十分明白的，公司就有权搁置两星期。"

"打算满了两星期便赔给他吗？"

"自然，"经理先生点了点头，"我们因为他的保险费低于建筑费，便不愿做太繁琐的调查，只等到时间将届，便把保险费交给他。"

"因为保险费低就不作'放火'的考虑么？"

"当然，我们循例派个包探向附近访问一过，没有特别可疑的地方也就算了。"经理满不在乎地把簿子放回抽屉里。

"不怀疑别人放火吗？"

"不。"经理笑了起来。

"别人放的不是火吗？"

"我们保火险也就不管火是他自己的失着还是别人的阴谋，我们只有负赔偿之责，只要大厦主人不放火，我们就得赔偿。以拨草寻蛇式来找出不赔偿的证据，是低能的保险公司所为。一家漂亮的保险公司，决不图赖保费，我们的目的在多求保户，不愿做极力减少赔偿费用的工夫。别人放火，保户仍是不幸的遭遇，为什么不赔？"

"你们不想方法去拘捕那放火犯吗？他烧的房子是你的，不是大厦主人的。放火犯得赔给你，你得赔给大厦主人，你以为对吗？"西郎说。

"不，拘捕放火犯是警探的事，我们只有赔偿。假如放火犯被擒，我们得派包探打听他的财产，如果有钱，我们向民庭控告他，要是没有钱的话，我也就避免麻烦，提也不提了。"经理说着，拿起电话筒，拨着号码。

西郎知道他得中止这一段谈话，便站起来，说了声"谢谢"，便匆匆地走了。

回到寓所，珍问他怎样，他把疲乏的身子投在沙发上，冷冷地说："连保险公司都像满不在乎的，他们大约要大事化为小事，小事化为无事了。"

"也许全市人士，只有你一个傻子对这事热心吧！"珍抓了他的头发一把。

"南北美洲不是一个傻子发现的吗？"他打了一个呵欠。

"你好像还得去漂流么？"

"如果我没有新发现，我也许不再寻访了。"

"哼！"她给他一个鼻音。

西郎的脾气真怪！

第二天，珍回到屋伦了，他便一个人到南郊警厅访问这案子，然而他一无所得，好像从哥伦比亚公司回来一样，又把疲乏的身子投进沙发，但很快地又使他兴奋。他床头的电话响起来，他问谁打来，电话答是谭美士。

"谭美士先生！"他跳起身来了，"我就是赵西郎，有什么指教？"

"我想见你，你能在下午六时，到古物研究会会员俱乐部一行吗？"谭美士说。

"可以的，我准六时来。"他快活起来，这是一种新刺激，他不明白谭美士为什么请他到俱乐部去，但至少至少，对本案更得一个明晰的轮廓了。

可是到了将近六点钟，他才猛忆起还没有问明俱乐部的地址。他马上查电话簿，查不着，打电话问旅行社，辗转调查，到了六点钟才查得地址，开快车到那儿，已经过了十五分钟。

俱乐部向着金门湾建起来，客厅用蝉翼纱造的法国式大窗门格隔露台，露台的栏杆是玻璃柱子，工程师的巧妙设计，就把天然的金门湾风景做客厅的大壁画，视线透过蝉纱来看远山近水，永远像弥漫了一重薄雾，使人感到他自己已进入了一个梦似的幽美景界，洗净了从朝到晚染上心灵上的都市尘埃。

坐的仍是沙发，不过沙发的扶手和头枕，用坚韧玻璃代表了松木，每一个弯曲的地方都放射晶莹可爱的锐光，连站在人们跟前的烟灰缸柱子，也一律是玻璃。这是一个透明的世界，一个使人一点没有隐讳的世界，假如人类能够被环境影响的话是真的，那么，在这儿坐谈的人士，再不会说一句不坦白的话。

西郎走进俱乐部，侍者问过了姓名，便替他通知在隔邻另一个休憩室坐谈的谭美士。

侍者进去之后，但闻一声"啊呀"，一个高个子带了夸张的笑容在小门口出现。

"赵西郎先生，我很欢喜会见你。"谭美士边说边走过来，伸出了手掌。

"谭美士先生，我也很高兴会见你。"西郎接着伸过来的手。

"坐下来谈吧，"他移动一下椅子，让椅子多占一点从大窗投入来的光线，然后回头跟刚端了两杯清凉饮料进来的侍者说，"两杯毡和威士忌混合酒，"又笑了笑，"大约赵先生也同意吧！"

"随便。"西郎坐下来，大家喝了点水，点起一支雪茄，让袅娜的烟霞增加更愉快的空气。

谭美士才开始陈述："从保险公司和警厅方面，知道本市关心我的火灾的人除了你没有谁。换句话说，除了你我两人之外，更没有谁相信火是一个犯罪者放的。赵先生，你想，我是如何地欢迎你！"

"这事仿佛给予我一点灵感，我很相信一个犯罪者终有一天在法庭上陈述他如何去造成大厦的火灾。"

"我还能描摹出一个犯罪者的轮廓：他穿了华丽的服装，有很镇定的神态和一双敏捷的腿子。"谭美士闭上了眼睛，像个魔术师。

"这人在你的一群朋友之中吗？能不能更进一步而说出了他的名字？"

"这可不能，我现在还不敢去想象我每一个朋友的面孔。天天跟我交游的人，当然是我的好朋友，我怎忍心去描摹他做这不友谊的勾当？"

"难道你的朋友中没有仇敌？没有憎恨你的人？没有与你利益冲突的人么？"

"没有，但我正在悬想一个不相识的仇敌。"

"谁，你可以假定吗？"

"可以，我假定有四个人：一个是五年前的情敌；一个是跟我争持过大厦的地权的人；两个是我的商战敌人。"

"那就很容易寻出头绪来了！"西郎跳起身来，"你能够把他们的名字和地址写给我吗？"

"可以的。"他掏出墨水笔和活页小册子。

侍者送过来两杯酒、一碟含了糖液的小青梅。

很快地，把四个人的姓名、住址写好，大家喝着酒，西郎更询问过每人的历史，认为满意，便要告退了。

"不，我还得请你吃饭。"谭美士说。

"改日再来吧。"西郎说。

"不能，我约你这个时间，就是要请你吃饭的。"

他不能再推辞了，坐谈一回，他们走进餐厅。他被介绍给四个古物研究会的会友，大家客气地握手，丰美的晚餐依次升上桌上，直吃到八点钟，大家才尽欢而散。

谭美士一直送他出到门外，最后一句叮嘱就是："假如破了案，我至少送两千元给你，幸勿见却。"

"谢谢你！"他深深地鞠了个躬。

西郎带了喜悦的心情，跑到桌球俱乐部的厨间里见许老四，告诉他，谭美士已经托他去探访这案子了。谈了几句，瞥见正面方桌上坐着一个人，脸黑唇红，笑容可掬，许老四过来介绍，原来就是谭美士的黑仆人，名叫奥柏逊。

西郎高兴地说："我正打算去拜访你，你来真好。奥柏逊先生，你对本案一定有很好的意见。"

"我相信有人放火，否则不会化为平地。"

"你有没有怀疑是谭美士的朋友干的？"

"谭美士先生的朋友，非富则贵，决不至于放火吧！"他毫不思索地答。

"那么，是一个谭美士先生不相识的人了？"

"这也未必，总之我很不明白。"

"有人跟谭美士在商场斗争很是剧烈，你有没有怀疑到这些人。"

"不会的，跟谭美士先生作商战的人，都是地方的财富，他们想损害谭美士先生的资本，也不必烧光谭美士先生的房子。他们不是刚正胜了谭美士先生一场么？"

"你的见解很不错，我还得问你一点小事。"西郎说着，掏出了日记册，要翻开刚才抄起的人名。

奥柏逊等得不耐烦，从口袋掏出一个烟盒，拈了一支烟给西郎。

西郎瞧见烟盒很美丽，接过来细细摩玩了一番。烟盒是银制的，经过上好名手的雕刻，仿佛皇宫的壁饰，面上还有一个古英文J字。西郎想了一想说："这不是你的啊，奥柏逊没有J字的！"

"赵先生眼力很好！不是我的。"

"也不是谭美士先生的。"

"当然不是，这是我在路上拾来的。"

"在什么地方？"

"在我们大厦火灾地点附近，就在火后的第二个早晨。"

"啊！"西郎很兴奋地问，"离火场多远？"

"约莫五十码。"

"你有没有怀疑这东西和放火案有关？"

"不，我没有想过。"

"我认为有察勘丢下这烟盒之处的必要，这是本案唯一的证物了。"

"你以为这样对你有帮助，我就得领你到那儿一行。"

"很好。"于是西郎别了许老四，跟奥柏逊到别墅的遗址去。

夹道是四行浓叶的榆树，一条大路，两条小路夹辅着大路，更有一条人行路在小路的右边，然后才建起一道低小的围墙，围墙内是花园，花园之内才是别墅，这是南郊的普遍景色。

正中一条大道是汽车的跑道，两旁是沙铺小道，供给试马者的驰骤。每届黄昏，便有青年男女，骑着高视阔步的骏马，在此驰骋，踏着落英缤纷的小径，花香趁马蹄，倒也有点诗意。

焚后的别墅，还有十来条柱子站在瓦砾中，几株烧光叶子的榆树，把影子投在颓垣败壁间，格外凄凉。

西郎巡视了一过，由奥柏逊的指点，知道哪儿是当日的楼梯，哪儿是客厅。他从瓦砾中做了一番捡拾工作，搜集了很多零碎的铁片，拿一块手帕包起来。

奥柏逊又把当日拾取烟盒的地方指出来，西郎小心地观察了一会，便问："当你拾取烟盒之时，发现内里有多少烟卷？"

"不上十支，详细数目，我记不清楚了。"

"是哪家公司的牌子？"

"海军牌。"

"英国出品的海军牌么？"

"正是，"奥柏逊点了点头，"难道牌子也和侦探案有关吗？"

"说不定的。"

"你以为那遗下烟盒的人，就是放火的人吗？"

"是的，因为遗下烟盒的地点，是在树下，一个行人是没有理由从树下经过的，他一定对这房子探视了一回，不慎而失落了烟盒，竟给侦探以一条线索。"西郎很得意地说。

"那你要从一百四十三万旧金山市民中访寻那个烟盒的主人了？"奥柏逊说。

"这得碰碰我的运气！"他笑着说。

归途，他问明了奥柏逊的地址，打算在必要时再访他。

第二天，他依照谭美士给他的地址，到华尔斯商行的六楼，访保罗辟治医师。保罗辟治医师就是谭美士的情敌——他所指定的一个可能放火的嫌疑犯。

访保罗辟治医师得先由医师助手编号，订了下午三时的时间，他缴纳了诊费，先行回家，到了订定时间，再到医务所，才得瞧见那脑满肠肥的保罗辟治医师。首先，他问他甚些病？

"我知道我害的是甚些病，我就得服成药而不必两次来拜访你了！"他故意给他以硬绷绷的回答。

"啊！很好，你告诉我，你觉得怎样不舒服吧。"医师有点讨厌了。

"我觉得吃得不舒服，睡也不舒服，甚至连会见朋友也不舒服。"

"吃很少东西便再吃不下吗？"

"不，多多也可以吃，但吃了下去就不舒服。"

"这是胃酸过强。晚上睡在床上，常常翻来覆去，到五六点钟才能合眼吗？"

"你何不索性问我是不是失眠！"

"很好，那么，你告诉我是不是失眠好了。"

"我答你，不，我一睡上床上就睡着了，但一晚得醒五六次。"

医师教他伸个舌头出来看，又替他听听腹胸两部。他乘机把视线投在医师的桌子上，他首先注视医师所抽的烟卷的牌子，但他找不着，等到医师替他登记病状的时间，他问："医师，给我一支烟卷可以吗？"

"可以的。"医师从抽屉里掏出了一个烟盒，放在桌子上。

他拿来细细端详了一会。烟盒是银与锑的合金，喷了一层白油，打开一看，内里漆上金色。香烟的牌子，就是英国出品的海军牌。

他不禁高兴起来，然而他极力遏抑自己的情绪，便抽着一支烟，一面答着医师每一句问话，一面在研究那烟盒买回来的时间。乘着医师没有留意，他把烟盒向光处一照，让盒面的反光映到自己的眼帘，小心地注视盒面和盒底的痕迹。原来凡是金属的东西，如果跟桌面摩擦，总会起了割痕，割痕多，便是使用时间长；反之，那就是使用时间短。他在小心观察之后，认定割痕很少，知道这东西至多购回来几天。

医师为了慎重检验胃脏起见，请他进爱克司光[①]室，照了一张照片。

五分钟之后，照片已从冲洗间拿出来，保罗辟治用放大灯放在黑房的墙壁上，便跟他解释说："你的胃部是正常的，一点没有病态，大约你近来碰了不如意事，易于愤怒，所以吃了东西下去，总不舒服，更因消化不良，引起血压变化，晚上也就常常惊醒了。"

"你以为应该如何疗治呢？"

"我开一服胃病散给你，不过这东西只能刺激你一两天，不能

---

① 爱克司光：晚清民国时期对 X 射线的音译。

为你根治。你应该在精神上找慰藉，精神愉快了，你的病也就完全脱离你了。"医师恳切地说。

"谢谢你，我可以走吧？多少诊金？"

"我是有例的，你交给我的助手吧。"

"可以的，不过我得声明：我得给你两倍的诊金，以纪念你的明断。"

"不必客气！"

"我说了就行，从来不肯更改的，望医师不再推辞。"他固执地说。

"那么我多谢你，再见！"他下一个体面的逐客令。

"再见，但我也希望有一点纪念品。医师，请你允许我，送给我这烟盒。"西郎把烟盒拿在手中。

"让我另外给你另一种纪念品吧。我现在需要它。"医生说。

"不，我说了就行，从来是不肯更改的。医师，谢谢你！"他已把烟盒顺手放进口袋里。

"不，我打算送给你一张我的照片，请你把烟盒还给我吧。"医师也很固执。

"什么？你真个不给我吗？你这人太不识趣。好，我就把它还给你！"西郎很用力地把烟盒掷回，烟盒碰着桌面，发出了表示愤怒的声音。

当他掷出烟盒时，他两只眼睛老盯着医师的脸，医师果然有些惊惶。

原来西郎掷在桌面上的烟盒，已非那乳白色的烟盒而变为一个银白色的烟盒。

大家缄默了约莫十秒钟，医师伸手拿起了烟盒，细细瞧瞧盒面的英文字母。

西郎诈作发觉自己的错误，立刻把乳白色的一个掏出来，跟着说："我弄错了，这是我自己的。"说着正要掉换，医师缓缓地抬起头来，瞥了他一眼，才低声地问："先生，这东西你从什么地方买来的？"

"你不必问我，你是不是很欢喜它？"

"是的。"

"很好，我不会像你这样吝啬的，你欢喜它我就送给你。不过，我得先问你欢喜它哪一点？"

"我……"医师想了一想，"我欢喜它跟我失去的一只，一点没有差异。"

"医师！"西郎很兴味地问，"你在哪儿失掉你的烟盒呢？"

"我不知道。"

"哪一天？"

"似乎是前晚。"

"不对的，更前一晚。"西郎微微地笑着。

"为什么你会纠正我的时间起来？"医师很讶异。

"我不只要纠正你的时间，而且可以说出你失掉烟盒的地点。医师，你不觉得奇怪吗？"

"你说下去。"医师保持医师的镇定。

"前两晚，你在谭美士大厦前，摔下了你的烟盒在距离五十码的地方。"

"为什么你知道，这事连我也不知。"

"你可以说在不知不觉间失掉，但你不能连地点也说不知呀！"西郎的声调变得沉重一点。

"当然，我不会否认我曾到过谭美士的大厦，不过我得更正那时间。"医生说。

"你即是说，你在火后的第二晚才去瞧瞧大厦的火场遗址么？"

"一点不错，这是一种凭吊！"

"你不是很憎恨谭美士先生吗？你又何必去凭吊他的大厦呢？"西郎说。

"先生，你是不是在审讯一个放火嫌疑犯呢？"医师有点愤怒，他想不到一个中国人突然把这种不友谊的态度对他。

"我现在还当作私人谈话，不过你一定要当作我在审讯，那就随你的便。"

"你是一个警厅的官吏？"

"不错，你如果一定要证据，我也不会吝啬的。如果要一张拘捕命令，我可以在半个钟头内回去拿来。"他神气地说。

"我不需要那么多的无谓手续，不过你一定想知道我的一切，我希望你迟三小时再来，现在外边等候我诊症的人很多，这是你知道的。"

"很好，"西郎答，"总要你能够给我充分的答复，我等候三天也没有问题的。"

"谢谢你。"医师点了点头。

赵西郎鞠了一个躬，便退出了诊室。

过了三小时，医师跟西郎在一个平台上喝冰藏的毡酒，医师很客气地说："我已想过，我对于你的态度，是应该和蔼的，因为你的询问，就是你的业务。"

"谢谢你！"

"但我很坦白地告诉你，要是你不迅速改变你的现在路线，你会浪费了很宝贵的时间。"

"谢谢你！你能说出你在大厦火灾的那晚，你在什么地方吗？"

"那晚我在派拉蒙戏院看戏。"

"看晚间的一场？"

"当然，派拉蒙每天也只有这一场电影。"

"对的，能借一张那天的报纸给我吗？"

"可以的。"他按一下电铃，教仆人把近十天的报纸拿来。

报纸拿来了，西郎翻了一回，知道那天是《佳期》公演的第一天，便要求他讲述剧情。

医师说了一遍，他又问医师："那晚伴同看电影的是谁？"

"威林夫人，因为威林先生没空，所以叫我伴他的夫人去看。"医师答。

"医师，请你原谅我的唐突，我希望你能告诉我，为什么不同医师夫人去看？"

"因为我至今还没有夫人。"

"大约医师有一段伤心史，是不是？"

"为什么你知道？"

"我还晓得你跟谭美士先生斗争过，结果，他打败了你！"

"一点不错，大约你就根据这段故事，所以怀疑我放火烧光他的房子。"医师说。

"假如是的话。"

"假如是的话，把我看得太过幼稚了。我决不会把自己放进罪恶的深渊来对付一个久已熄减的火山呀！"

"对的，但你第二天晚上何必去看火场，难道这样不幼稚吗？"

"赵先生，也许我说出来你不会相信，我唯一的理由就是想指出谭美士是一个放火犯！"

"什么？"西郎惊愕起来，"你怀疑他自己放的火吗？"

"一点不错，他为了解决他的困难，一向是不择手段的。我希望能找出了他放火的证据，把他送进牢狱里。"医师明朗地说。

"很好，"他很兴奋了，"我也同样怀疑他，不过到现在还没有证据。"

"因为证据已入我手，你也就没有了。"

"证据入了你手吗？"他张大了惊讶的眼睛，"在什么地方？"

"你能起誓不帮忙他，我可以供给你一个证据。"医师郑重地说。

"当然可以，我为的是破了这案子的谜，我不属于任何一个人的。"

"很好，"医师站起来，"让我把证据拿出来给你参考。"说完，他已走进诊症室，拿了一个小盒子出来，打开了盒子，瞧见一块黑色的物质，说是玻璃，不像玻璃，说是金属，又不像金属。

西郎拿起来一照，有些透明，便问是什么物质，医师说："这是黑色玻璃瓶加强热后变成液体玻璃，再因冷却后恢复原质，但已经变了形状了。"

"这就是放火的证据吗？"

"在我的想象中，这算是证据，至少，也算是证据之一。"

"请你申述理由。"

"请问你的家里，有没有黑色玻璃瓶？"

"茶色玻璃瓶有几个，黑色的没有。"

"对的。因为许多药品，不能在太阳光下露得太久，所以用色玻璃装载；有好些药品，简直不能露光，这就非用黑色玻璃瓶不可了。我在各种化学药品中，选出几种必须黑色瓶载的，就是摄影用的药品、光学发火剂和几种毒癌症的用药。好了，像你这样聪明的人，总知道我的意思是指哪一种了。"

"对了！你一定指他存放了光学发火剂。"

"一点不错。他没有毒癌症，他无须存放这种药品，他不是爱好摄影的人，也无须感光药粉。"

"不，你不能武断他不学摄影。"

"这一间大厦是刚才落成的，他还没有正式搬进去居住，他决不会什么都不放，单单放一瓶感光药粉的。"医师耸了耸肩膀说。

"你就是说，谭美士早就存心放火，因此预买了一瓶光学发火剂。但我很想知道光学发火剂除了放火之外，难道没有别的用途吗？"

"有是有的，但他不是一个工业家。"

"他不能宣布自己要学习工业吗？"

"这就得看你的侦探手腕，看你怎样地放他进牢狱了。"

"医师，你知道谭美士先生投买了多少保险费呢？"

"不知道。"

"所以你怀疑他放火。"

"你调查过吗？"

"对的，他所投买的保险费比他所耗于建筑的更少；同时，他的家具没有投买保险，这就是保险公司对他绝对信任的原因。"

"还有世间上许多想不到的原因，这才会有侦探的学校。赵先生，你说是不是？"

"一点不错。谢谢你的鼓励，我得采这一条路线。"

"祝你成功，要是你真的成功了，谭美士就得到一个弄巧反拙的结果，这是他梦想不到的！"

"我也这样希望，再见。"西郎跟医师握手。

西郎从来没有在高尔夫球场度过他的周末假期的，这一天是例外，所以珍就得提出质问："这样贵族的玩意儿，算你很快会学习纯熟了，这对于你有什么好处？光买一套高尔夫球的服装，已耗了你一周的薪金，假如你要买齐了一套高尔夫球杆，你就非破产不可。"

"不，我并不是学习高尔夫球而是抱着参观的兴味的。"西郎答。

"一个周末只有高尔夫球可看吗？"

"难道每周都温习着旧课而不懂得去找新刺激么？"

"好，你一定要我伴你参观这乏味的球赛，我明天得教你伴我到熨发室去。"

"偶然一次，我决不会拒绝的，我不是曾经在熨发室客厅坐过一个钟头么？"

车子到了东郊，在市府指定的地点停放，他们一齐上斜坡，行进高尔夫球场。那儿早已站着一百多个男女，把全副精神聚在那个白色小球上。

一个身材粗大的中年人，把音乐符号似的高尔夫球杆子在白球的背后找位置，找好了，轻轻地一击，球儿像长了眼睛似的，便向地上的圆形小孔钻。白球失踪了，于是两百多只手掌互相拍击；人们失去了当时的紧张情绪。

于是那位粗大的中年人，跟一个瘦小而脸子经过太阳炙得殷红的老年人拉手，那老年人就是大家所熟知的高尔夫球名手哥林施路华先生。

哥林打完了第一场便跑到高尔夫场的茶座喝清凉饮料，看热闹的男女也像小鸡随母鸡一样，追逐着他。一会儿，茶座没有空余的座位，得不到座位的便坐在石阶之上，购买童贩叫卖的冰淇淋和冰条。

西郎和珍就在哥林对面一张桌子喝着鲜波萝汁，西郎的眼睛，牢牢地盯着哥林，珍渐渐发觉了，便问："他的身子有可疑的地方么？他是不是一个什么案的杀人嫌疑犯呢？"

"不是杀人嫌疑犯我就不应该看他吗？"

"不，不过你从来不会崇拜一个球员。"

"偶然注意他一下，难道就有作用吗？"

"有作用？真是一个好字眼，你不要骗我了，你决不会无缘无故来看一场从来不看的高尔夫球。你不告诉我的原因，也许是怕我骂你。"珍得意地说。

"骂我什么？"西郎很快地反问。

"骂你又将一个周末出卖给美国政府。"

"不。"

"为什么不？你是一个侦探，我是一个侦探的侦探，你专去挖苦罪犯，但我专去挖苦你！"

"侦探常常会走错路线，你不知道吗？"

"那么我走错路线了吗？"珍问。

"是。我不是怕你骂我浪费了宝贵的周末，而是怕你骂我又去侦查那无聊的大厦火灾案！"

"啊呀！大厦火灾居然加上一个‘案’字么？"

"是的，案子已经有了眉目，我面对着的哥林施路华先生，也许就是本案的关系人。"

"为什么？难道他也懂得放火吗？"

"虽不放火，也会有关。"

"唔……"珍笑了起来。

侍者又递过两杯冰水，谈话静了一静。邻座那位哥林施路华高声谈着今天的球赛，他说出了他自己失败的理由，他说明了他的对手成功的理由。

"珍！"西郎低低地说，"你以为他是一个什么样人？"

"一个豪爽的人。"她答。

"对的，他并不介介于游戏的成败。"

"而且赞美自己的对手方。"

"是。"

"呀，西郎，你居然同情我的意见，你好像已经服从了我？"

"没有关系。"

"不，服从了我，我就希望不再参观下一场。"

"我希望能完毕这一个比赛，因为这是参观球艺的观众应该守的秩序。"

"不见得吧！"她想了一想，"华盛顿的职员，不是常常宣布早退吗？"

"这是政界的微妙，我们不希望做政界。"

"你参观的中心目标，在人而不在球，难道这样还不能令你满足么？"

"除非比赛完毕，否则我不会满足。"

西郎尽量延长他的谈话，使下一次比赛的时间在珍的不知不觉间降临，于是他们再度作袖手旁观了。

施路华先生老了，他的球艺也就老了，他的对手方的崭新的手法使他倾倒，他不绝口地称赞那年青人，在比赛的过程中，他始终孕了愉快的笑容，他向他的对手备致倾慕之意，使观众对他的敬爱也像对胜利者的敬爱一样。

太阳开始转变金黄色，人们带了满嘴的评语点缀他的归途。

"像哥林施路华这样宽洪大量的人，在美国西部是不多见的。"珍说。

"是的，仿佛有了我们古国的风度。"

"于是你失望了！"珍紧接着。

"为什么？"

"你希望他是一个暴戾的人，希望他是一个狭窄得像东洋民族的人，希望他不放过他的对手一分，以证明你的预料没有错误。现在哥林施路华表现于你眼前的，完全不是这样的一个人，他更不会向人家作报复式的放火，这是不是使你失望呢？同时，今天的参观，也就变为无聊了。"珍说。

"我一点不觉得失望，我看一场高尔夫球，等于跟哥林交了一个多月朋友一样，我对于他的个性，已弄得清清楚楚了，我把侦探时间缩短了，这就是我的收获！"

珍仍旧不舒服，她问："你不是说过，他是一个放火嫌疑犯么？现在你已晓得他决不会放火，那么你岂不是凭空失去了你的犯人么？这还算一种收获吗？"

"我不一定要从他身上找到放火的证据，我只要知道他是不是放火：是吗，我得死盯着他；不是吗，我马上改换路线。我常常说，能够迅速改换路线，就是侦探成功的秘诀。"

"你又改换路线吗？一百四十三万市民，你已经观察了两个了。"珍又笑起来。

"为什么你对这一宗案子永远怀疑呢？"

"正如你所谓'灵感'一样，我对于这一宗所谓案子的灵感，就是空无一物。你每次办案，我总是很愉快地帮你忙，但今次我一点兴趣也没有，所以我几次叫你放弃！"

"下一个周末还没有头绪我就得放弃，我希望你再忍耐一下！"西郎说。

"下一个周末，大约不看高尔夫球吧？"她笑了笑，他也笑了笑。

星期一的中午，西郎送了珍妮回返屋伦，便独个儿到警厅，鬼混了一会，便回到寓所。

一个小孩子恰好送来一封信，拆开一看，是一个请柬，即晚七时，又在古物研究会会员俱乐部，主人当然是谭美士。

当他见了谭美士，他说话很困难，结果，告诉他只访过哥林施路华，还没有访晤保罗辟治医师。

谭美士满不在乎的，不再提这事了，他介绍他认识同席的宾客。宾客中挺使人注目的是萧璧琪小姐，她着了一套闪光金片的黑礼服，衬住一双雪白的手臂、一条纤小的蜂腰。她的琴裘罗吉丝①型的嫩脸，有着一对伶俐的圆眼睛，薄薄的红唇，酥胸上的珠光，皓腕上的宝气，充满了贵妇的气象，但一开口就完全证明了

---

① 琴裘罗吉丝（Ginger Rogers，1911—1995），今译金杰·罗杰斯，美国女演员，曾因电影《女人万岁》（*Kitty Foyle*）荣获第 13 届奥斯卡金像奖"最佳女主角"。

她不是矜持得举座索然寡欢的贵妇，而实在是一个增加交际场上愉快气氛的活宝贝。在西郎一度言语接触之后，才晓得她是露易斯小剧场的舞蹈家。

宴会因萧璧琪丰富的语趣而增进了愉快。大家把萧璧琪的舞蹈技术作谈话的引子，渐渐讨论到古风舞。古风舞的道具，当然是古物之一，于是他们又研究起古物来。最后，大家要赵西郎演述东方古国的先民用器和先民舞式，赵西郎对这却很少研究，然而不能不胡诌一下，大家觉得新鲜，也就发生了更大的兴趣。

萧璧琪真是一个天真的女性，她竟说赵西郎是中国人中最有趣的一个，决要他看她的舞蹈，给她一点正确的批评。大家推波助澜，是晚便一同拥了西郎到露易斯戏院去。

这是一家小戏院，全院座位划一价目，通通是五角钱，每晚两场戏：一个小歌剧，一个话剧。几次舞蹈和几次小丑互谈，便算一场戏了。

场开了，全院的壁灯很温和地没入黑暗之中。音乐奏起开场曲，第一张绿幔升起了，淡紫罗兰的射灯开始替第二张银灰色的丝幔着色。

开场曲完结了，音乐兴起急激的调子，一群摇曳着粉臂和肉腿的舞蹈配角排山倒海地奔出来，用急促的步伐和缓着期待已久的观众的愤懑。

配角唱了一支流行的狂欢曲，主角也登场了，她穿上光靠一条透明胶片维持不坠的闪光蓝缎礼服，穿了一双银绿色高跟鞋，红唇开阖着，吐出了炮竹似的歌文，大眼睛流露着热情，一登场就使千百只眼睛无暇眨一眨。

她，就是擅长热带舞踊的舞踊家萧璧琪小姐。

第一个秩序终结，人们鼓着赞美的掌声。掌声继续在延长，直至她再来一支舞才休止。

第二个秩序，是一幕不知名的演员所演的谐剧：两个争打电话的谐角，演成滑稽动作而配合着音乐的舞剧。女房东来作鲁仲连①，两个谐角因言语误会，结果合力殴打鲁仲连，女房东穿了一件预先剪开而后用活纽扣扣上的外衣，由两个谐角的一牵一曳，把她的外衣扯得东一块西一块，结果使她裸了上身，赢得观众一顿掌声，剧也告终了。

第三个秩序是一个口技专家演技，他模仿华莱斯皮雷②的粗线条作风，又模仿埃第康泰③的诙谐演说，有时，他像加莱古柏④的沉着，有时，他像贾克奥凯⑤的嚣张，使观众眉飞色舞，使观众笑得不可开交。

———————

① 鲁仲连：战国时齐人，曾游于赵，为赵国解除危难，平原君欲赠与千金却推辞不受，喜替人排难解纷而不肯仕宦任职。后称替人解纷排难的人为"鲁仲连"。
② 华莱斯皮雷（Wallace Beery，1885—1949），今译华莱士·比里，美国演员，代表作《舐犊情深》（*The Champ*）等。
③ 埃第康泰（Eddie Cantor，1892—1964），今译埃迪·坎特，美国喜剧演员，曾出演《桃李花开》（*Strike Me Pink*）。
④ 加莱古柏（Gary Cooper，1901—1961），今译加里·库珀，美国演员，代表作《正午》（*High Noon*）等。
⑤ 贾克奥凯（Jack Oakie，1903—1978），今译杰克·奥克，美国喜剧演员，代表作《大独裁者》（*The Great Dictator*）等。

此后，又是萧璧琪小姐负责的秩序，她在一个热带的夜花园中歌唱阿根廷《姨姨》小曲，五双多热情的热带男女在拍和。她抽起了罗裙，跳了一幕阿根廷的玉腿舞，她的妖媚的丰姿、动情的身段和旋风似的舞蹈，使观众忘了他在公共场所看戏而高声呼起她的名字。全院充满了羡慕的空气。

此外是一幕夫妻吵架的谐剧。丈夫与妻子因为厌倦了谩骂的家庭生活，大家订立了一个奇异的条约，今天由下午一时起，谁先开口，谁就得到一个惊人数字的罚款，不料恰好订好了条约，他们的邻人到来吵架，说他们不该把一头猪放过来，竟把他的玫瑰花和葛藤吃光了。他们一言不发，把邻人气得跳起来，要宰了他们的猪来赔偿，两人仍然不答。邻人没办法，结果说："如果你们仍不回答，便作为默认，立刻将猪宰了而将猪骨送回来。"两人面面相觑，始终一言不发，邻人当然依照自己的主张去做。后来丈夫的叔父派了一个律师来，要把遗产交给他，但必需观察他的行径，两人仍旧不开口，直至律师大发咆哮，说他是一个神经病人，这一宗遗产不能够点交。提起遗产，老婆紧张了，竟开口谈起来，结果她输了，原来所谓律师，正是丈夫的同事。

戏将终，一个后台服务员走下来，给西郎一封信，西郎拆开一看，内里说：

中国孩子：

我感谢你的枉驾，感谢你的热烈鼓掌。我除了热带舞之外，还想学习一点东方古国的古舞，希望能获得你的介绍，认识你们的舞蹈家。

　　十一时，请你在江南酒楼舞厅等我，大约你不会拒绝我吧？假如你不回给我一封拒绝我的信，我决意在这个时间到指定地点了。

　　　　　　　　　　　　你的忠实朋友　萧

　　他知道美国小戏院的女演员是很滥交的，像这些，倒是常有的事情。但一经给他垂青，也就不容易拒绝，因为她会说你不赏脸而造你的谣言。他更没有办法在观众座中写一封信，只得以不回信来默认这一个约会。

　　十一时，在江南酒楼的舞厅并不算夜，因为舞厅的黄金时期，还是由十时开始的。他到了舞厅，人们正在鱼贯地进来，逐分钟添上热闹。

　　碧绿色的墙壁，殷红色的柱子，黄色的灯光，虽然色调不大调和，然而这不寻常的装置，充分表现出东方古国帝阙的华贵气象，使美国的年青人舍弃他们同胞以百万元建成的大舞池而莅临这小舞厅。

　　同时，这儿没有大舞池应有的时租舞伴，你如果不携同你的伴侣，你就得呆呆地正襟危坐了。

　　赵西郎正襟危坐了半个钟头，萧璧琪才爆开了微笑的嘴唇在他面前出现。

　　音乐是低哑的，发出"息索息索"的声音的漆黑铃子在鸣咽，这是一个"海之恋歌",每一个节拍都像一个浪涛,震动了人们的心弦,使每一双舞踊的男女都改为沉重而轻盈的步履,在人海中微微波动。虽然没有月,没有海,没有椰树,但在每个人的心里是有的。

轻揽着纤小的蛮腰,紧握着绵软的玉手,西郎起舞了,她熨帖地,满足地,在他的怀抱中转动,媚笑、低语,扭动着一双粉白而炫目的胳膊。

但,他始终不肯反应。

夜残了,疲乏的灯光射着兴致阑珊的青年舞伴,乐师以最大的兴奋播出赠别舞曲,他们振起最后的精神,来一次今夕的纪念舞,一次,二次,三次,谁都满足地结束了剩余日子的嬉戏,走上归家的车子,披上舞粉的漆皮鞋,踏着汽车的开关。

他保留着祖国的风俗,不愿意厕身于巴黎式的肥皂泡化的恋爱,所以始终固执地关闭着爱的通路,直至把她送到她的寓所,他才迁就一次,和她做了一次社交仪式的麻木接吻。

他常常这样想,白人的优越感非打破不可,要打破就得矜持和固执。虽然经过是很苦恼,然而他强制自己执行。不单是萧璧琪,他对从前的美国女同学,一直是这样。

又到周末了。

许珍妮很早就从屋伦过来,一到码头,便瞧见了赵西郎的好友梁飞力在一部标域汽车上招手。

珍过来招呼了一声,便问见不见西郎。

梁飞力告诉她，他今天受了西郎的委托，特来接她，说着开了车门。

她走上车，跟他一字儿坐下，车开了。

"他忙什么，为什么不来？"她问。

"他大清早便到我的寓所吵醒我，叫我代表他一行，他说他要到警厅去。"飞力答。

"他又把周末卖给美国政府吗？"

"侦探的业务是活泼的，倒不能够说星期不星期。有时，连睡眠的时间都卖给政府，不过有时可以十天不到警厅的。"

"你是他的旧同学，所以常常帮他的忙？"

"你想我站在你那边吗？"飞力笑着说。

"请你站在道理那边吧。"她认真起来。

"道理很多，你一条，他也有一条；我站在他那边，也即是站在道理那边了。"

"啊呀！你以为人类不需要七天的最后一天休息一下子吗？你们的道理是向全世界的宗教家和科学家挑战，好像全世界的宗教家和科学家都比不上你两人的高明！"

"不，不过全世界的宗教家和科学家都没有把侦探算在数内。"

"侦探不是人，是狗，是猪！"她气愤愤地说。

"珍，"他把汽车驶得慢一点，"你安静一点好吗？让我向你解释：假如世界上的盗贼也颁布星期不犯罪的规条，警察和侦探就永远得到一个安静而写意的休沐日①，但可惜，美国各业都有联合会，盗贼还没有向白宫请求成立'全国盗贼大同盟'或'四十八洲盗贼联合会'之类，所以侦探就说不定得牺牲他的休沐日了。"

"你永远站在他那边，请你注意'永远'两个字，飞力先生！"珍把眼睛瞧着远景。

"你很有趣！"他把车子转到较僻静的道路，让她听得他的声音更清楚，"假如我永远站在你这边，你就得讨厌我，连跟我谈一句话都是多余的了。"

"我不明白你的哲学理论！"

"因为人类的进步不在'是'而在'不'字，比方英国从前统治美洲，以加重征税的命令交付美洲居民时，假如居民说'是'字，现在就不会有美利坚合众国。美利坚合众国的建立，就因华盛顿总统说一个'不'字。可知世界上不论政治或文化，都由'不'字产生的。现在，我对你永远应用一个'是'字，那么……"

"不必'那么'了！"她抢着说，"我不是政治或文化。"

"不能这样说，假如我对你永远用个'是'字，你跟我谈话就等于同自己谈话一样，你就会感到乏味，感到我简直不懂得谈话。至多跟我谈上十句，你就得叫我向你告别了。"

车子到了西郎的寓所，珍打电话到警厅找西郎，西郎不在，

---

① 汉代官吏每隔五天回家休息沐浴一次，故称为"沐日"。休沐日，即休假日。

问往哪儿去，警吏回说，他已到了警察总局化验室，珍打电话到化验室，又说他已经走了。珍把电话听筒恶狠狠地掷在电话机上，一言不发地坐下来。

梁飞力知道她的脾气很坏，也不理她，只是翻着案头的新侦探杂志，低头瞧着。

没多久，她跳起来，高声说："我到外边去！"说着，开了门。

"到哪里去？不需要我陪伴么？"飞力缓缓地问。

"不，我也不知道到哪里去，但我不能让休沐日的早晨这样冷淡地过去呀！"她说完，便想跑出去。

突然，身后来了一个声音："珍，你连一点儿忍耐性也没有吗？"

她回头一瞧，西郎已走进来，脸上孕着充分的喜悦。

她把高跟鞋顿着地板，看了他一眼说："谁有你这样好的忍耐！为了一宗不是案的案子，忙了整整两个星期。"

"这样才能表现出中国民族的美德，不是凭一点忍耐，我就没有成功。"他把外衣卸下来，挂进衣橱里。

"你说什么？"她张大了惊讶的眼睛，"你已结束了它吗？"

"不，我得在你眼前结束它。"

"今天？"

"不错，我打算拿它来助你晚餐的兴致。"

"好孩子，你真的成功了么？经过是怎样的？"她快活起来。

"别太冲动吧！我在罪人还未供认他的罪状之前，照例不应多说，我希望大家不提这些，等到时间到来以后，让事实告诉你。"

于是他转到梁飞力方面，"飞力，你的眼力很不错，五百柄广东葵制团扇，转眼全销光了，你还打算赶运一大批吗？"

"不是告诉过你，我已把它录进我的定单吗？"飞力答。

珍又不耐烦了："西郎，这时候我们还不该进早餐么？"

"是，我不是正作吃早餐的准备吗？"原来西郎卸了厚呢外衣，换上了一件薄外衣。旧金山清晨的天气和太阳起来以后的天气，常常差了十度。

"你要外出么？"珍一壁替他穿衣，一壁说。

"是的，我怕你又骂我把周末卖给美国政府，所以把应该办的事在清晨办完了，让我伴你玩个一整天。"他答。

她笑了，方才的愤懑，在一笑间洗得干净了，三人一齐出外。

旧金山市街的星期，仿佛祖国市街在空袭中的一瞥，尤其是早晨，人行路上，只有几个流浪者蹒跚地踱着，每家店子，都绷着一张不睬人的脸子。大路上，只有三两架到郊外去的车子，箭似的飘过。交通警察休班了，交通岗位的"行""停"灯标柱子也休班了，连清道夫也休班了。从各商店抛出来的包裹纸张和破烂的货物，堆在人行路的角落，一切一切，似在静止之中。

三个人开车往郊外去。

最初提倡星期日到郊外去的人，用意很是不错，大约他觉得都市人士天天吸受混浊的空气，会影响到健康，所以提倡到郊外去，让他们在七天之内，吸收一天新鲜空气也好。

结果如何？成功了，他们果然在星期日抢着到郊外了，但郊外又不是设立无数食物馆和游乐场吗？这儿因为人太多了，二氧化碳气一样充塞了空间，人们吸到的，跟都市里的一样，有时还比都市更恶浊哩。

三人到了郊外，先吃一顿炸鸡，跟着便走进游乐场，玩些生风车、骑木马的孩子游戏，继而是射击、投篮、掷瓶子和枪击电灯泡的玩意儿，每人花几块钱，换回一堆要来无用弃之可惜的廉价奖品。

闹到当天三点多钟，大家兴阑了，西郎便把他们送到侦探协会的第二俱乐部，放好了车子，便一齐进去。

第二俱乐部是一间花园公寓式的房子，先通过了坚固的高墙，才是花园，花园围绕客厅，客厅四边是月台。消磨剩余日子的人，就在月台的安乐椅子上仰卧着，望着一半天空和一半天花板，高谈阔论着。

那高谈阔论的早有三个人：一个是警官沙士京，一个是第八号侦探，一个是化验师荷路。

等到西郎来了，高谈阔论的多了三个人，仆人替他们移了三张安乐椅子过来。

谈了一会，一部巨型车子停在门前，门铃响了一下，仆人开门，带进了谭美士先生。

他穿了一套晚礼服，漆皮鞋，白手套，闪光的巴西制手杖，脸上展开社交的微笑。

西郎弯着身子，迎了他过来，仆人又熨帖地移来一张安乐椅子，大家介绍过，便坐下来。

"我这几天很忙，今晚还有一个宴会，不是赵先生说'我请他他到，他请我我不来'的话，我就不会来了。"谭美士把演讲家般的眼光射向所有的人。

"我知道谭美士先生很忙，所以声明这一次晚餐得在半小时吃完哩！"西郎说。

"现在来到了，就是吃一小时也不要紧。还有沙士京警官作陪，我是多么地荣幸！"他笑着向沙士京说。

"谢谢你！"警官答。

"沙士京警官，近来很多案子吧？旧金山是个万国人种展览的场所，纠纷似乎特别多，可不是吗？"他用高贵的字眼来表达他的意见。

"一点不错，尤其是一般高贵的人士，挺爱好犯罪，他们似乎要试验旧金山的每个侦探的程度呢！"第八号侦探笑着说。

"阁下说得有趣，我很同意，高贵的人士，根本就不需要犯罪，他们的犯罪，也许在给侦探以困难的试题。"他笑得更活泼些。

"即如贵大厦的火，也许是高贵人士放的。谭美士先生，这话你同意吗？"第八号侦探加重了语气。

谭美士的神色没有改变，他附和第八号侦探的话了："我也是这样想。"

"谭美士先生。"西郎礼貌地先称呼了一声，"你从前告诉我的五位嫌疑人，全是高贵的人士，你以为放火的真实犯人，就是他们中之一吗？"

"难道你在五个人之外另外找到了么？"谭美士说。

"一点不错，我找到放火真实犯人，不在五人之内。"

"谁？"谭美士问。

"你！"西郎答。

"什么？"谭美士惊叫起来，"我？"

"正是你！"西郎答。

"赵先生又开玩笑了！"谭美士立刻恢复了本来的镇定，展开了微笑。

"我们不是开玩笑，谭美士先生向我们开玩笑倒是真。"西郎看了沙士京一眼。

"谭美士先生，赵先生是从来不跟人开玩笑的。这次也许要你说明白了。"沙士京庄严地说。

仆人过来，弯着腰说："晚餐预备好，请各位进食堂。"

"好的，我们吃了饭再说。"西郎站起来。

大家起了不平凡的态度，一起走进食堂，坐下来，仆人先把盘汤端上来。

"谭美士先生，赵先生是相当客气的，希望谭美士先生说老实话。"沙士京致词似的打开了话头。

谭美士目光四射，一点没有畏惧，也就郑重地说："大家真个对我也怀疑吗？我也希望赵先生说老实话，从哪里找出怀疑之点呢？"

"很好。"西郎说，"假如一定要我先说，我是不会吝啬的：当我遍访过谭美士先生所指出的嫌疑人物之后，我便晓得谭美士先生的怀疑是伪装的，他故意给我几条错误的路线，让我虚掷了宝贵的时光，或因而灰心下去，不再与他为难。但当他发觉我很快便通过了错误的路线时，他又心惊了，不得不另想别的方法来延阻我的进行，所以花散了五百元钱收买了萧璧琪来麻醉我，教她一天到晚都约我吃餐看戏，以消磨我的时间，但很对不起谭美士先生，同时，我辜负了萧璧琪一场美意，我终于拒绝了她的约会而进行我的工作，直到昨天才休止。谭美士先生，这样的陈述，大概也够了吗？"

"你好像一个小说家，杜撰了一串的情节，使我一点不明白。"他仍然镇定地说。

"这点你不必否认，我曾用种种方法，从萧璧琪的女仆那里打听来：第一，萧璧琪平日很讨厌中国人；第二，她近日买了将近五百元的衣服；第三，你曾在八天前到她家里密谈。另一个证明，你对我特别留心，隔一天就打听我，而且你始终没有聘一名侦探，也没有再向警厅追究放火人了。"

"我知道警厅不管这案，所以没有赘累地去追问罢。"谭美士说。

"不，你简直不是为了捕捉放火人而关心，你正是因我穷追放火原因而提心吊胆。"西郎说。

"这是一个错觉。侦探不能凭一点错觉去办案。"他大声说。

"你说的很对！"西郎从怀里摸出一个包裹，边拆边说，"我给你一件证物吧！这是盛着感光发火剂的溶液的玻璃瓶。请问谭美士先生，你为什么拥有这东西？"

"这不是我的，你能指出我的收藏证据吗？"他的态度仍然相当强硬。

"我知道你一定有这一个主张，所以早就跟你的黑仆和厨师谈过，他们可以证明这个瓶子是属于你的。"西郎笑了笑说。

"警官先生，请问世界上有没有自己发火来烧光自己的新建别墅之理，同时，他的别墅没有投买足额的保险费？"谭美士简直像一个老练的律师。

"假如不是为了这些，我也就不必东奔西跑了。"西郎拿起冰水，喝了一口再说，"我最初也是这样想，后来我发现你是古物研究会的会员，我才运用我的智慧来判断你的放火原因。我假定你借了人家的值钱古物，在侵吞了之后，怕人家追问你，你放一把火焚了自己的别墅，好向人家报销。其实，这也不是我的智慧，而是我对历史的灵感：中国满清皇朝底下一个封疆大吏，曾经弄过这一套，他错买了旧茶叶当新茶叶交给英国人，后来怕英国人拆穿了西洋镜①，结果放火烧了，把茶叶一股脑儿焚化了，那就销了号。人类在事情弄不清楚时，常常以火神作最后解决，这是我们侦探所习知的。于是我受了这一点灵感，我向你的会友查问，谢谢谭美士先生，介绍我认识了四位古物研究会会友，我很清楚地知道，你向侯活爵士借了一幅浮士德油画，他曾答应过

---

① 西洋镜：民间一种供娱乐用的装置，匣子里装着画片，匣子上有放大镜，可见放大的画面。因最初画片多西洋画，故名。比喻故弄玄虚借以骗人的行为或手法。

你，以十二万元卖给你。你同时在墨西哥得到一个好顾主，允以二十二万元买受这油画。恰到交易时期，爵士追悔了，一封电报来，请你把油画交回给他。因为他已答应卖给一个巴黎富翁，出的钱比你更多。你为了此事，非常愤恨，这是研究会会友告诉我的。我因此又假定，假定你要强买这幅画，便把自己的房子烧光，强赔了十二万元给爵士，同时把这画运到墨西哥悄悄卖给好顾主。"

"不，"谭美士立刻答，"浮士德的壁画挂在别墅的正中，我离开本城的时候还在那儿，你可以问黑仆人，问贵国的厨师。火，已把这古代的巨画吞没了。"

"谭美士先生是个挺聪明的人，难道不能换一张仿制的浮士德油画在原处而把真的画拿走了吗？"西郎说。

"不，油画的铜框子仍然在瓦堆里挖了出来，这是警厅知道的。"

西郎笑了笑，说："大概你不需要连铜框子也卖给好顾主的，所以你没有用原画的铜框子，同时有意在警厅存案，使爵士哑口无言而永远不能跟你要那名画。谭美士先生，你的手段很缜密，要不是碰了我这傻子，你就永远不会给人家发现了。"

"沙士京警官，你相信这传奇式的故事吗？"谭美士说。

"我相信我们的侦探一辈子是诚实的。"沙士京答。

"假如你一定要我承认，你也得拿出证据来。我当时燃点发火剂，贵厅有没有用镜箱拍成相片呢？"谭美士态度仍旧安详得像讨论别人的事。

"西郎，"沙士京掉过头来，"你应该答复他呀！"

"是，"西郎应了一声，"虽然我没有把你放火的情形拍进镜箱，但火是你放的，我有比相片更加清楚的证据。"

"你到底说，火是我放的，还是我派人放的？"

"是你放的。"

"我亲手放的吗？"

"正是。"

"哈哈哈……"谭美士笑了起来，又把眼光向每一个人的脸子扫射了一会，然后继续他的陈述，"赵侦探连这一点常识也没有，连当时的时间和地点也弄不清楚。沙士京先生，你有没有问过赵侦探，火灾之夜，谭美士在哪里？"

"赵侦探告诉我当晚大驾在芝加哥。"沙士京答。

"从芝加哥回到旧金山，得坐多久飞机？"

"八个钟。"

"发生火灾的时间是什么时候？"

"晚间九时。"

"当晚我在芝加哥，赵侦探探访过没有？"

"有。"西郎答，"我曾跟芝加哥的警探总长通电话两次：第一次，我求他代查你当时在芝加哥什么地方；第二次，他打电话回复我，你在罗积布夜总会的餐舞会。"

"那么我得分为两个人，一个在芝加哥餐舞会，另一个回来放火，赵大侦探，对不对？"

谭美士说完，又笑了起来。

"这……"西郎想了一想。

珍立刻替西郎着急了，从走进餐室时起，西郎一直是在胜利的坦途上迈进，他每一句话都有根据，有力量，但一到谭美士提出了是否分为两人的质问，他立刻停着了，于是不由得参加了一句："谭美士先生大概故意走到芝加哥，省得人家说他放火，同时约定了一个助手，就在那晚放起火来吧？"

"不，珍小姐。"谭美士立刻纠正她，"赵侦探亲口说火是我亲手放的，你何必替他拐弯抹角呢？"

"一点不错，火是谭美士亲手放的，我毫不怀疑。"西郎坚决地说。

珍更着急了："西郎，他怎能分身？"

西郎不慌不忙地站起来说："本来，我为了维持餐室的严肃起见，希望在吃完餐之后才表演谭美士先生的亲手放火方法的，但大家既然这样着急，我也顾不得许多了。"说着，弯着身子说，"请化验师荷路先生，把我们准备好的戏剧表演一下吧。"

荷路便站起来，走到小桌子前，把早就携进来的大皮包打开了，拿出了一架公共电话机、一架家庭电话座机和一个小小的箱子。

谭美士一见了这些东西，脸色变化了，他失去了绅士的镇定而变成了鼠窃的张惶，然而大家没有注意他，十多个眼睛盯着两架电话机。

荷路把两个机装好了，驳了一条电线到小箱子，于是荷路把公共电话机交给沙士京，叫他依照平日打电话方式，拨盘打给家庭座机。

　　沙士京当然照办，他一拨完号码，家庭座机的电铃响了一响之后，小箱突然发出一阵火光，火焰射到三英尺高，大家吃一惊。

　　表演完毕，他鞠了一个躬。于是西郎振振有词了，他说："我已经向芝加哥电话所查问过，夜总会的餐舞会有没有人打长途电话来旧金山。他查明了，回复说'有'。因为需要收费的关系，他们一向得登记的，所以记得这个电话是打到旧金山的谭美士大厦的。这一来，我明白了谭美士先生放火的方法：预先把无色燃烧药粉洒在大厦的地板上，地板当中，放了个小箱子，小箱子内藏感光发火剂，另外驳一条电线进家庭电话座机里，利用电铃振动，把电路贯通，使电线的另一端发生高热，发火剂一遇高热，立刻燃烧，燃烧药粉也被波及，烧起地板，一场大火马上成功了。谭美士先生限令黑仆人和厨师必须八时前离开大厦，就是使他无从救灭这一场火。我也是由这一点和拾获装载感光发火剂的黑瓶溶液而设想，更因为芝加哥电话所证明你曾打过长途电话而益信。"

　　恰好说到这里，谭美士乘众人目光注意小箱的电路的时候，竟像一匹野马似的夺门而出，但大家没有因此而骚动，他一到门前也就给站着的警察拘捕了。

　　"把他带进牢狱去。"沙士京发了一个命令，谭美士便沮丧地低着头登了沙士京的自用车，由警察押送到警厅去。

　　"便宜了他，让他吃了第一个菜。"西郎说。

　　"钓鱼得用饵。"沙士京答。

　　"这一餐算不算庆功宴？"西郎问。

"不，"珍插嘴了，"侦探与盗贼同在一起吃，吃得惊心动魄，根本不像'宴'。"

"那么，明天再来一次晚餐，附带一点酒！"沙士京看了她一下。

"谢谢你！但我有一个要求，希望能给《旧金山时报》记者先生一张请柬，让他知道第八号侦探对于这宗案子是旁听员，那就好了。"

珍说完，瞧着第八号，第八号勉强笑了一笑。

第三案

永远的美丽

凝结了好莱坞全城的精华的好莱坞大道，矗立着一座巍峨的大厦，新型设计的建筑，表现了工程师的匠心，闪着光的云状白石的批荡 ①，一直扩展到人行路的油绿地板，禁卫军式排列的亚热带花卉，常绿叶子跟杂色的花朵，生长在银白色的不锈钢花盆上，吸引着千百只世界游客的眼睛，夸耀着黄金大陆的丰厚与豪华。

这大厦就是爵士大饭店。

星期一的清晨，爵士大饭店总管理处的女事务员安薇，驳了一个电话到九〇三号房的住客夏力先生，要告诉他，此刻是六时五分，要赶北行的火车，现在该是起床的时间了。然而这几句话始终不容许她说出来。也许夏力先生昨晚爱月眠迟，今晨睡得太舒服了吧，电话铃在他房里一直叫了三分钟，他始终不予接听。

办事妥帖的女事务员，只好转换了手法，把电话驳到九楼的分管理处，告诉侍者安第，说夏力先生太渴睡了，教他去打门通知他起床。

安第接到命令，立刻去叫九〇三号的房门。他跟安薇一样遭遇，足足叫了五分钟的门，夏力先生依然全不理会。

---

① 批荡："抹灰"，指用石灰砂浆、混合砂浆、水泥砂浆、聚合物水泥砂浆等在建筑物的面层抹上 20 厘米厚左右的一层物质，使得建筑物表面平整便于铺贴或扇灰，同时也起到保护墙体或柱以及防水、隔热、隔声等作用。

安第把耳朵凑近门缝，静静地谛听了一会，绝不闻一点声息。侍者经验很丰富的安第，不由得起了疑惑，便再高声喊了两句"夏力先生"，仍旧没有效果。而这响亮的喊声，却把隔邻九〇五号房的中年人卢机迪先生喊了出来。

卢机迪先生绷着一张老是淘气的脸孔，也许他的清瘦，就因为他太淘气吧。他开了门便骂："你不懂得每个房间都装上电话的吗？你不懂得总管理处把握着每个房间的钥匙吗？为什么像喊救命似的喊起来？现在还早，我还没到起床的时间。"他说完，不等候侍者的答辩，便把房门"砰"的一声关上了。

"卢机迪先生，"侍者恭敬地说，"你的话是对的。请你原谅我，我们早就打过几分钟电话了，但是没有人接听。我打算开门进去，不过还未得到夏力先生的同意，所以我们不敢放肆。"

"呸！"卢机迪又开了门缝，让声音透出来，"你对夏力是很礼貌，但对我们是太不像样了！到底你现在的任务，是喊夏力先生起来还是喊我起来？"

"你的话是对的。我得向卢机迪先生道歉！但仍然请你帮忙我，卢机迪先生，你能够把你的房间借给我一用吗？"

"你想利用我房里的通风小窗子瞧瞧夏力先生的房间么？"卢机迪问。

"对的。可以吗？"

"好，你进去。"

于是侍者走进九〇五号房，把一张写字桌子移近墙边，再架上一张椅子，从小窗子的铁条间格望过去。

恐怖的景象立刻映进他的眼帘，使他心跳，使他惊呼，他再不能支持他的身体，扶住墙壁走下来。

"什么？你看到了什么？"卢机迪问。

"谋……杀！"侍者战栗地答。

"怎样的情形，夏力先生给人家杀害了吗？"

"是，他直挺挺地伏在地板上，满身是血！"

"你还不马上去报告警厅！"

"你的话是对的。"侍者一壁说一壁走出去，很快便跑进电梯，落到了楼下，报告总管理处。

经理恰好回来，一听是发生血案，一面着人用电话报告警厅，一面领了几个事务员，拿了另一条预备钥匙，直上九楼。

把九〇三的门开了，首先触着他视线的是那张染满了斑斑血渍的白床布，其次是地板上伏着的尸身，尸身穿着绿色白条子的睡衣服，一条手臂给身体压着，另一条手臂向前直伸，面脸仆在地板上。

瞧他身上和地板上的血，已不必问他的伤势而知道他已经死去，而且很久了。在床边站着的一个床头柜的上面，放着一只中国女人穿的绣花鞋。

负责打电话给警厅的事务员，上来报告经理，说："警厅要我们在警探未来之前，把九〇三号房封锁，任何人不许进去，饭店的前后门也得封锁，停止交通一小时，所有住客、员役，绝对不许外出。"

经理听了，立刻叫大家退出九〇三号，同时下令把全店封锁起来。

封锁命令一下，住在九〇九号房的罗拔希利夫妇立刻提出反对。他俩已经把行李收拾好，恰想离开饭店，一听到封锁消息，便跟经理说：

"我们得赶到车站去搭北行的火车，而且在我们开始收拾行李的时候，你们还没有奉到封锁命令。"

"不。"这是经理的答复。

罗拔希利夫妇愤怒地把行李自动从电梯搬到楼下，自动叫了一部计程汽车，自动把行李搬出街外。但当他俩一出到门口，立刻给门卫制止。

"为什么呢？我没有犯法！"罗拔先生大声地说。

"不。"这是门卫的答复。

在罗拔先生絮絮不休的俄顷，警车开到，好莱坞著名的胖侦探毕地巴根摇摆着他的精致而笔挺的流行服装，在五多个助手的簇拥中走进爵士饭店，问门卫什么事跟客人争吵，门卫说明了，胖侦探把头往右一侧，助手早已明白，立刻把罗拔希利夫妇带进经理室，留下一个警察把他俩看守。

电梯把胖侦探带上血案发生地点，他站在九〇三号房的门前，并不立刻进去，他吩咐一个助手说："把九〇一、九〇五、九〇二、九〇四四个房间的住客都带到经理室，让他们听不到我们的声音。"说完，他才教经理开了九〇三的门，指定三个人进去：一个是他，一个是第六号侦探，一个是第九号侦探。

他们先把地板、窗子、房门、椅桌、电话机以及电灯开关的指纹、脚印都登记起来，才移动尸体，瞧尸体的面目，大家吃了一惊。

当第六号侦探把伏着的尸体翻过来之后，大家都看得很清楚：死者的脸孔给凶手的利刃纵横地划了四条伤口，皮肤破裂，血肉模糊，几乎使人看不出死者的面貌。

"到底这是夏力还是另外一个人呢？"第六号侦探提出了怀疑的口气。

"叫本楼的侍者来！"胖侦探毕地巴根发命令。

侍者很快便进来了，他证实死者是夏力先生，因为夏力先生在这个房间住了四天了，他对他的印象很深，身材、脸孔的轮廓、皮肤的色泽、头发的式样，完全是夏力先生，虽然脸上给划了四道伤痕，但他决不会认不出。

胖侦探叫侍者退出，然后对尸体下研究功夫，小心地把他的指甲剪了下来，发现指甲上藏了两根金色的头发，从它的长度推测，可以知道是从女人头上抓下来的。

经过了十五分钟的勘查工作，于是胖侦探点着了一支香烟，坐在一张安乐椅上，摆着侦探长的架子，口述假定的案情，让第九号侦探记在小册子上：

星期日晚上大约两点钟左右，一个穿了一对新买回来的橡胶底皮鞋的人，手里拿着一柄长约五六寸的小刀从救生梯直上九楼，开了窗子，走进第九〇三号房，乘着些微的月色，左手用一条白脸巾，按着夏力的嘴巴，右手把刀向他喉部猛刺。

刺了一下或两下，夏力还未死，举手抓凶手的头部，同时起而挣扎。

凶手再向他胸部猛刺两下至三下，他不能支持了，然后凶手再拿刀向他脸部划了四下，才从窗口逃去。

凶手穿了手套，所以一点指纹都没有遗留下来。

夏力被刺之后，从床上滚下地来，左手掩着胸部的伤口，右手伸向前抓，在地板上蛇行。他希望能够抓到了电话而惊动了饭店的电话司机生，但他的气管将断，喊不出声来，只能爬行了两步，便气绝而死。

他说到这里，闭上眼睛，思索了一会，续说："床头柜上面有一只中国女人穿的绣花鞋，鞋底略有污痕，似给人穿过一两天的样子，这是还未明白的物证之一；在写字桌底下，有一堆纸灰，大约烧过了一封有信封的信，这是还未明白的物证之二。搜查死者的皮包和外衣，有现款六百八十元、存款册一个，他有八千五百元存在银行里，一切贵重东西，没有损失，证明夏力先生是死于仇杀而不是被劫。"

"凶手是男性还是女性？"第九号侦探问。

"死者的指甲藏了金色头发，凶手可能是女性。"胖侦探搔着头。

"但是……"第九号侦探搁着笔，想说下去。

"但是窗前的鞋印，是男人穿的橡胶底皮鞋，这又可能是男性。"胖侦探点着头。

"先假定是个女性吧。"第六号侦探笑了一笑，"这样也许会引起我们探长更兴奋的查访。"

"不，"胖侦探连忙说，"女性没有那样大的气力，使每个伤口都这样深。还是先假定是个男性吧，省得新闻记者多用桃色字眼，把事实渲染得更坏些。"

"好，就假定凶手是个男子吧。但我们能够告诉新闻记者说本案包含了桃色纠纷么？"第九号侦探问。

"你以为有一只绣花鞋便是一段桃色事件吗？"胖侦探反问一句。

"不只一只绣花鞋，还有死者指甲里的金色头发。在我愚蠢的想象中，凶手一定带同一个女人来，跟夏力算旧账，绣花鞋是证物之一，因为只要来做证，所以不必带一双来，带一只就够了。后来，大家谈判决裂，凶手便联合同来的女人下手，把夏力杀死。挣扎时，夏力向那女人的头部抓，所以指甲上留下了两根头发。"第九号侦探流利地说。

"唔。"胖侦探不反对也不同意。

"第九号说的我同意。"第六号侦探说。

"那么，你不妨登记起你的意见。"胖侦探无可奈何地说。

第九号侦探又写了一回。

胖侦探指着窗口，说："第六号，你从这儿直下地面，逐层检查，看有什么线索没有。"

第六号侦探答应了一声，照办去了。

胖侦探带着第九号侦探走出房外，从电梯落到地下，走进经理室。

经理室已经聚拢了十来个人：五个房间的住客、经理人，侍者或事务员。

胖侦探一进来便向各人道歉，客气之后，跟着便问："谁是九〇五号的住客？"

一个人应声站起来，就是爱淘气的中年人卢机迪先生。他说："希望你爽快地问个明白，我还有很多事情要办的。"

"很好，我尽了我的智慧来缩短我的访问。请你告诉我，你的姓名、职业和为什么要住饭店？"胖侦探说。

"卢机迪，西雅图的戏院商。我为什么要来好莱坞，为什么要住饭店，大概你明白了吧？"

"血案发生的时间，大概是凌晨二时，那时你已经熟睡了么？"

"已经熟睡了。"

"因此一点声响也听不到？"

"你真够啰唆了！"他又淘气了。

"你认识死者吗？"

"不。"

"有没有跟他谈过话呢？"

"没有。"

"你住在他的隔壁，这几天来有没有听到他跟人家吵架？"

"你还没有问我住了多少日子，又怎晓得我住了几天呢？"他对胖侦探反诘。

"我看过九楼的住客名册，知道你住了四天。"胖侦探指住桌子上那本名册说。

"你倒很小心！我在星期六那天晚上，大概是八点钟，听到他跟一个人吵闹，那人的声音很低，但他却发声很壮。夏力说他只能送给他五十元，五百元就决不答应，那人又低声说了几句，他仍旧不答应，那人不肯，吵了一会，便听得房门声响，那人去了。那人去了以后，就再没有什么动静。"

一会，胖侦探又向大家问："哪一位是九〇一号的住客？"

一位中国女人站了起来，微笑地点了点头，答了一个"我"字。

大家的视线都集中到她身上，因为谁都联想到了一只绣花鞋。

胖侦探翻翻名册，看是"许珍妮"，星期六晚起到这儿居住的，便问：

"许小姐，你在星期六那天晚上，曾听到九〇三号房间里的吵架声吗？"

"没有。"许珍妮答。

"你很晚才开这个房间的吗？"

"不，四点钟便来了。不过我不久便外出，直到十一点多钟才回来。"

"许小姐到好莱坞来有什么任务？"

"没有，只是游览影都的风光而已。"

"游览么？"胖侦探摸出一支香烟来，继续说，"独个儿游览，不嫌太寂寞吗？"

"你怎能够说我是独个儿游览呢？"

"你不是独个儿住一个房间么？"他指着名册，经理替他点着了香烟。

"你不能凭这样证据来断定我没有同伴。"

"你的同伴在哪里？"

"在我对门的房间。"

"什么？"他又翻着名册，发现九〇一号的对面九〇二号的住客的名字，又是一个中国人，是"西郎，赵先生"。

胖侦探的眼睛，立刻转向人丛中搜索，发现一张带了微笑的黄脸孔。他连忙站了起来，走过去，伸出那胖胖的手臂说："你就是破获旧金山谭美士大厦放火案的赵西郎先生么？"

赵西郎也站了起来，笑着跟他拉手。

"许小姐是跟你一块儿来的吗？"胖侦探问。

"对的。也许探长觉得有些儿奇怪，一双结伴游览的青年男女，竟然没有同在一个房间住宿，但在我们中国人看来，这样才是合理的事呢。"西郎笑着说。

"也许是东方女性的幽默吧。你也太神秘了！知道发生了凶杀案，为什么不出来看看，大家交换点意见也好啊。"

"谢谢你！有了精明的老手在这儿，我还敢献丑么？"

"不，你不能这样说，美国人跟中国人各有他的办法。美国人凭科学，中国人凭灵感。中国古代的侦探案译本，我也涉猎过一点皮毛，许多官吏，常常凭了他的灵感，来判定谁是良民，谁是罪犯，而使老百姓折服。九〇三号的凶杀案，更加需要灵感。凶手穿了手套，不留一个指印，更焚毁了一封信，又留下了一只绣花鞋。赵西郎先生，像你这样灵感丰富的人，一定有很好的意见，我希望你能给我一个光明的启示。"胖侦探诚恳地说。

"请探长原谅我，我这次来好莱坞度假期，目的是游览，不想参加破案的工作，不然，许小姐又得向我提抗议，说我连这一周的旅行假期，也出卖给美国政府了。"

胖侦探瞥了珍一眼，说："许小姐需要你休息么？那么，我不敢麻烦赵先生了。不过，能够替我解释一下那只绣花鞋吗？"

"可以的，只一只，不是一双吗？"西郎问。

"一只，这才叫人头痛！"

"需要首先量一量许小姐的脚吗？"西郎打趣地说。

"假如许小姐杀了人之后，把自己的鞋子留下做证，那么，她就太幽默了。"胖侦探笑起来，大家也笑起来。

第九号侦探把绣花鞋递给赵西郎，珍争着要看，西郎一把拉着她的手，说："还得问问探长，怕不怕我们的指印杂乱了原来的呢？"

"横竖凶手戴了手套，我们不必照书本去做了。"胖侦探说。

于是赵西郎开始了研究，拿放大镜瞧了一回，嗅了一嗅，才肯定地说："这是一个中国女人穿过十次以上的鞋，但始终没有穿着它在街上走过。这是从中国地方带来美国的。"

"你的根据在哪儿呢？"胖侦探重新拿起它来研究了一会，"鞋底泥印很少，摩擦痕迹也不多，不像穿过十次以上，我以为穿过两次而已。"

"不，鞋是布质的，我从鞋身的松弛来决定它是经过十次以上穿着的。泥印少，摩擦痕迹少，就因它被穿着在地毯上行走，没有踏过街道，甚至踏在地板也很少。大约它的主人是个舞台上的女角吧？"

"很好，谢谢你！我以后得注意每一个中国戏剧从业员。但我还不明白，为什么你断定它是从中国来？"胖侦探说。

"中国人在美国从来没有制造这种无人过问的东西。它是来自中国，这是不须细想的问题。探长你在街上看过一个穿着这种绣花鞋的中国女人吗？"西郎反问他。

"没有看见过。你的意思好像说，这东西是凶手从中国带来的，是不是？"

"还没有发生到这样的灵感。"西郎笑了起来。

珍爱不忍释地把绣花鞋拿着，说："案子结束之后，我能够占有它吗？"

"可以的，不过光是一只，你有什么用处呢？"胖侦探说。

"当你破案的一天，它就得找回它的伴侣了，可不是吗？"珍说。

胖侦探笑起来，说他也希望这样。

这时，第六号侦探走进经理室来，低声对胖侦探说："我在大厦后边那小广场的沙地上，发现了一颗勃郎林手枪的子弹，因为保留它的位置，等探长去看过才捡拾。"

胖侦探听了，一手拉了赵西郎，要一起出去。

淘气的卢机迪已霍地站了起来问："我们能够恢复自由了吗？"

"等一会再说。"胖侦探说完，头也不回，便拉着西郎去了。

"行凶的是人家，被害死的也是人家，为什么要我们在这儿吃苦头！"卢机迪背着手像热窝上的蚂蚁般往来跳着。

爵士大饭店的建筑师，因为使每一个房间都获得充分的阳光，便在大厦的后边，辟了一个广场，三度救生梯就凭着大厦的后背建筑着。广场还有通路可以到外边去。第六号侦探认为凶手是由这儿进出的。

在接近客餐部的餐厨的空地上，铺了一堆二时多厚的细沙，大概是准备修改小花园用的。第六号侦探就在这沙堆里找到了这颗勃郎林枪弹。胖侦探得首先测验那枪弹是从哪儿打过来。

枪弹陷进沙堆里约一时深，一半插入沙里，一半还可看见。从入口的倾斜角度看来，枪弹是从西南方射下来的，但当他拿起它来看时，发觉这是一颗还没有经过放射的完好枪弹。于是决定了这枪弹是从楼上西南方一个房间的窗口掷下来，而非射下来的。

"瞧沙堆的弹孔很深，这可能在第四层楼以上掷下来的。是不是，赵先生？"胖侦探发问。

"可以适用《侦探学初阶》第三章的'印象的重演'吧。"西郎说。

"很好。六号，你先到五楼西南角的房间里，把枪弹从窗口掷下来，然后继续到六楼、七楼、八楼、九楼。你身上不是有勃郎林枪弹吗？"

"是的，探长。"第六号侦探很快地上到五楼，挨着次序，掷下了五颗弹。

由九楼掷下来了第五弹之后，胖侦探跟赵西郎交换了满意的微笑。这就说明的：那颗神秘的枪弹，已被证实是从九〇三号的窗口掷下来的了。

大家依旧回到经理室，淘气的中年人卢机迪又是暴跳如雷地嚷着：

"到底你把我弄得这样不死不活的，为的是什么！你要问的都问光了，没有嫌疑就得让我去吃了那过了时的早餐，有嫌疑就赶快把我们带进警厅去！经理室里连椅子也不多一张，两个人一张椅子，仿佛到了乡下的候车处。"

"别吵！"胖侦探大声说，"我有权把你封锁在这里二十四小时的，姑勿论我问你不问你。坐下来！"

卢机迪还想答辩，却给第九号侦探的巨掌一推，早已静默地坐下来了。

"谁是九〇四号的住客？"胖侦探问。

"我。"一个二十来岁的年青人站起来，弯着身子。

胖侦探瞧了瞧名册，才问："钟菲马士，你为什么要到好莱坞来？"

"为了投考马泰来公司的夏季演剧学校。"

"你是一个学生？"他想了想再说，"从哪儿弄许多钱来住这高贵的大饭店？"

"父亲给我的。"钟菲马士说。

"你父亲叫什么名字？"

"齐士菲马士。"

"啊!"胖侦探点了点头。

大家都知道,齐士菲马士是加利福尼亚省六大农场巨头之一。胖侦探也就不问下去了,一个这样和蔼的富家子弟,决不会拿起利刃亲手杀人的。于是转到罗拔希利夫妇,他跟罗拔希利说:

"为什么你一听到凶案发生,便马上要走?"

"不,"罗拔太太抢着说,"我们收拾行李是在凶案现之前的。"

胖侦探立刻制止她:"我不是问你,不要你插嘴。罗拔希利先生,你告诉我吧。"

"我正像她所说的一样,我们收拾行李是在凶案发现之前。"罗拔希利脸色张惶地说。

"我下令封锁了本饭店之后,为什么你仍旧要走?"

"因为我要赶车北上。"他答得很迟缓。

"还有第二个原因吗?"胖侦探很迅速地问。

"能不能让我说?"罗拔太太又忍不住了。

"你说吧。"胖侦探走过来。

"第二个原因,就是怕麻烦,明知你们会把全楼的住客,问个天昏地黑,所以赶快躲避。"她流利地说。

"但这更糟了!因为你们要赶快躲避,就无异叫我们更注意你。"胖侦探笑了笑。

"这是我们意料所不及的。"她说。

"你们到好莱坞来为了什么?"

"为了好莱坞。"

“我不是跟你说笑！”

“我何尝跟你说笑？”

“一点事情也没有么？”

“有，就是做了凶杀案的陪审者。”

“我问你昨天和前天的事。”

“昨天和前天不是到好莱坞吗？侦探长，一百个人来到好莱坞，有九十九个是为了‘到过好莱坞’的荣耀而来，你不应该问得这么幼稚！”

“这不是一定的。”胖侦探给女人打败了。

“侦探长，我们可以完结了这一次旅行吗？”罗拔希利问。

“对不起，我还需要请你们多逗留几小时，横竖你们已经不能赶上早晨那班北行火车了。”

“不！”卢机迪又跳起来，“我们仍旧要在经理室坐半张椅子吗？”

“别吵！大家得自由回到房间，或者在起坐室，但绝对不能往外边走。”

胖侦探说完，大家纷纷退出了经理室。

赵西郎和许珍妮也站起来，胖侦探指着他俩说：“你们是例外，得跟我在小花园吃早餐。”

“谢谢你！”西郎说，“我们早已准备了早餐了。”

“不。”胖侦探左手拉了西郎，右手拉了珍，拥到小花园，选了一张阳光照不到的桌子坐下，叫侍者拿三个晨餐来。

助手们已分别负责监视住客，讯问当值的侍者，和指挥收拾尸首，使他们得到暂时的安静。

"你在住客当中，觉得有一个可疑的人物吗？"胖侦探问。

"一时很难判断。"西郎答。

"淘气的卢机迪是个燥暴的人，不像深思熟虑而穿了手套去杀人的凶手。罗拔希利夫妇似乎可疑，但罗拔这样笨拙，怎会穿手套杀人？罗拔太太这样聪明的女人，更不会杀了人还不马上走。钟菲马士，年纪既轻，又是富家公子，也不像个凶手。"胖侦探一壁想一壁说。

"这样看来，倒是我挺可疑呢！"西郎笑了起来。

"别说笑了。你的意见怎样？"

"我希望你向大家宣布，本饭店的住客，已无可疑的人，大家可以自由行动，然后再作道理。"

"假如凶手真的在这一群人中间时，岂不让他漏网？"

西郎向四周瞧了一回，才低声说："你一面宣布这个解严令，一面在附近侦查，把解严后五分钟内外出的住客带回警厅问话，相信一定会有发现。"

"很好！吃完了早餐，我立刻照办。"胖侦探拍着西郎的肩膀，又称赞了他一番。

第九号侦探领了九楼的侍者过来，跟胖侦探说："我已经向他讯问过了，这是备忘录，请你参考。"

"讯问过就好了，干吗还领他来？"胖侦探皱着眉头说。

"因为侍者说有点秘密消息要向你报告，所以领他来。"

"秘密消息？"胖侦探瞧了侍者一眼。

"是，"侍者点头说，"也许跟凶手有关。"

胖侦探拉了一张椅子，让他坐下。

侍者见西郎在侧，不愿意说话。

胖侦探看得明白，便跟他介绍，称赵西郎是如假包换"中国大侦探"，不像好莱坞的由美国人扮演的查礼陈。

于是侍者陈述凶案发生前一夕的故事：

"那天晚上大约是九点多钟，九〇五号房的住客卢机迪先生，突然气愤愤地走出来，重重地敲着九〇三号的门。夏力先生把门开了，他冲进去，门立刻关了，于是房里起了剧烈的吵闹。我走到门前，站着听他们说话，但已经太迟，只听得几句，就是：'下次我决不如此，这是一时偶然冲动的，我可以发誓的……'另一个说：'这是不道德的，假如在社会上一宣传，你的名誉可以破产。下次如果有同样事情发生，我就得宣布……'最后一句是：'晚安！'我恐怕被他们发觉，所以立刻走开。但在我走开之后，他们又说了许多话，才见卢机迪先生走出来，回到他的房间。"

"以后，他们又怎样？"胖侦探追问着。

"以后再没有动静了。"侍者答。

"平日有些什么人来找卢机迪？"

"多数是这里的电影界人物。"

"卢机迪跟夏力平日相识吗？"

"不知道。"

谈到这里，侍者突然睁大了眼睛往外望。卢机迪恰巧从广场走过，眼角盯着侍者。

胖侦探不管他，仍向侍者询问死者平日的行踪，并问有没有人送过信来给死者，侍者说"没有"。又问有没有人寄过信来？侍者也说"没有"。

胖侦探喃喃地说："没有，那么，那封焚毁了的信，是从哪儿来的？"

这时，许珍妮忽地惊叫了一声，吓得大家跳了起来。

"什么事？"胖侦探问。

"你瞧！"珍把手上的餐刀指住刚切开了的烤鸡腿子里边藏着的一颗勃郎林枪弹说。

胖侦探立刻把它拿了起来，跟刚才在沙堆里捡获的并起来对照，却大小一样，他点了点头说："恐吓吗？我们是不怕的。"

西郎笑了一笑，说："未必，相信凶手还不会有这胆量。"

侍者睁着眼睛说："刚才卢机迪不是从这里走过么？他的眼睛很可怕！"

"把他带来！"胖侦探吩咐第九号侦探，但当第九号侦探走了几步，他又说，"等一等，先喊厨师来看我。"

一会，厨师来了。

"鸡腿子是你烤的吗？"胖侦探问。

"是。"

"你知道里边藏着一点枪弹吗？"

"什么？"他连呼吸都紧张起来。

"当你工作时，谁到过厨里？"

"没有。"

"一个住客名叫卢机迪的没有到过厨里么？"

"没有，我根本不认识他。"

"那么，枪弹是什么时候走进烤鸡腿子里的？"

"不知道。"

"在这件事还没有明白之前，你没有外出的自由，你知道么？现在，你可以回到厨里。"胖侦探挥着手，厨师待要再问时，第九号侦探立刻推了他出去。

胖侦探继续叫第九号侦探带进了卢机迪。

"刚才你为什么在这儿走过？"胖侦探问。

"这是公共场所，我有权走过。"这淘气的中年人总是那么倔强。

"你到过厨里吗？"

"我到厨里有什么事？"

"你……"胖侦探思索了一下，"星期日的晚上，是不是到过九〇三号房谈话？"

"是。"卢机迪开始露出紧张的神态。

"还吵架？"

"是。"

"你还警告夏力？"

"是。"

"卢机迪先生，你失败了！"胖侦探笑了。

"我不明白你的意思。"他支持着脸上的筋络，不让它震动。

"刚才我问你，有没有跟夏力谈过话，你说没有，问你认识他不认识，你说不认识。但，现在你竟把口供完全改变，你的弥缝术显然失败了！"

"不，我跟他根本不认识。"

"不认识，你可以走进他的房间吗？"

"因为我过去骂他，就在这个时才认识他。"

"他跟你有一段怎样的故事？"胖侦探兴味地问。

"有什么故事不故事，其实，假如你设身此地，你也会跟我一样过去警告他一顿：当时，我正和一位女友在房里密谈，突然我的女友惊叫起来，我抬头一看，发现夏力先生在小窗子窥探着我们的情形。侦探长，你想想，谁能够容忍这种侮辱？我便立刻跑过去，把他骂了一顿，警告他，不要再这样无耻。"

"夏力的态度怎样？"

"一个狡狯的商人，谈吐像很有礼貌，声音和蔼得像个保险公司的经纪，但始终掩饰不了他的狡狯的色彩。"

"因为他窥探过你，因此你讨厌他，是不是？"

"不，假如他立意跟我交朋友，我也不会高兴他。我平日最憎恨经纪的口吻和狡狯的眼睛，他这两样都具备了。"

"为什么我在经理室问你的时候，你完全不承认曾跟他谈过话呢？"

"谁愿意跟做侦探的多谈几句呢？我怕你们把我当作凶案的线索，一天到晚都麻烦我，我便连生意也做不成了。须知我们美国侦探是最不客气的，好像认为全世界的人类都是侦探的助手，而他们又无须支薪，一天到晚得替侦探服务似的，那只有傻子才会自告奋勇地把跟死者的关系供出来。"卢机迪发了一大串牢骚，听得大家都笑了起来。

"你倒算是聪明！"胖侦探赞了一句，"但，你猜我们为什么会知道你跟死者吵过架？"

卢机迪看了看在他身旁的侍者一眼，说："大概是这个爱在报上出风头的侍役说的。不论哪一个房间吵架，他都应该知道呀。"

"你的话是对的。"侍者说，"你说我爱出风头，我索性再出一点风头吧。当我告诉你凶案发生的时候，你似乎没有什么惊惶，动也不动，连爬上桌子瞧一瞧隔壁的情形也懒做了，仿佛你早已晓得这桩事似的，这真叫人不明白。"

这话使胖侦探很兴奋，料不到侍者会有这样精彩的询问，于是立刻注意卢机迪的神态。

那淘气的中年人的脸马上透红了："你这呆鸟！难道我要像你这孩子一样地大惊小怪么？我又不是他的朋友，他给人家杀了与我有什么相干？我为什么要爬上桌子看他？他死得怎样不是一样吗？呆鸟！你是不是要求侦探采用这个证据来扣留我？"

"不过，一个人怎能够不惊惶于他的邻人的被杀呢？"侍者瞧着侦探们。

"这就是我的修养！"卢机迪答。

这话使侍者没有回响。大家静默了。

一会，胖侦探才慢吞吞地说："好，你们都回去吧。"

卢机迪又问他什么时候才可以自由外出，胖侦探告诉他等到解严之后，他没有再问，便走了出去。

"你觉得卢机迪怎样？"胖侦探回过头来问西郎。

"像他这样淘气的人，杀人是会的，但即使杀了人，也得立刻走，决不会坐着等你拿的。"西郎答。

"这点我不同意。杀了人马上逃，孩子才会做的事；他是中年人，得等到侦探技穷才光明正大地走。当侍者刚才提出严重的质问时，他的脸涨红了，这使我对他很不放心，我打算派人监视他，不许他离开好莱坞半步。"

胖侦探立刻吩咐第九号侦探，派人把卢机迪监视。同时，宣布本饭店解严，任令住客自由出入，但第一个离开饭店的人，立即拘捕他到警厅审讯。

吃完了早餐，西郎招待胖侦探到九〇二号房里休息。

坐下不久，突然有人敲门。西郎问"谁"，答的是个女人，自称是罗拔希利太太，问侦探长是不是在这里。

胖侦探请她进了房，她带了一脸笑意，对胖侦探说：

"谢谢你，你发出了解严命令，再不麻烦我们了，我跟你告别，但在告别之前，想问问你到底知道死者的身世不？"

"据我们的调查，他很有钱。他是从中国游历回来的。"胖侦探说。

"只有这些贫乏的材料吗？"

"是的。"

"你不打算更多调查一点么？"

"我们还在继续调查，直到完全知道他全部身世为止。不过，凶案发生了不久，我们还没有进行彻底的调查。"

"虽然凶案发生不久，但我已把死者的身世调查得很清楚了。你需要知道吗？"她很得意地说。

"那我得领教你了。"

"你想知道他在中国干什么的吗？"

"自然，请你告诉我。"

"他在中国是执业医生的，他的医务所设在上海爱多亚路。"

"他居留中国多久？"

"三年多了。"

"为什么又离开上海回到好莱坞呢？"

"因为他厌恶中国的环境，所以换一个地方。"

"在他未到中国之前，是不是在好莱坞执业呢？"

"不，他在旧金山。"

"他没有带同他的太太到中国？"

"他根本没有太太。"

"回到好莱坞，他打算继续他的职业吗？"

"当然。"

"为什么他不设立一个医务所而住在饭店里？"

"这点恕我不知道了。"

"谢谢你！罗拔太太，你对于他为什么这样清楚？"胖侦探有些不明白。

"我不把原因说明，你不会扣留我么？"她耸着肩膀说。

"不会的。"他笑了。

"很好,我得向你告别了。"她伸出了手,胖侦探跟她握了一握,她高视阔步地去了。

胖侦探呆呆地望着她的背影,然后回头望望西郎,搔着头说:"奇怪!她从哪里晓得死者那么清楚呢?你以为她有可疑的地方?换句话说,应该把她扣留吗?"

西郎说:"我以为她无一可疑。假如她和本案有关系,她决不会把这么多的消息告诉你。她告诉你,用意是抢白你一顿而已。"

"但我怎能让一个知道死者那样清楚的人离开我呢?"胖侦探抽了一口气。

第六号侦探进来,手上拿了一张报,报告说:"经理先生忽然想起了一件事,说死者夏力有一段事迹曾在报上发表过,便立刻检了一张星期四的《美国人报》给我。我看过了,这和本案有关,请探长参阅。"

胖侦探接过报纸一看,果然有一篇访问记的文章,内容和死者有极大关系,标题是《夏力先生问记》。他念着内容说:

找遍了美利坚四十八州来访求一个对中国女性认识得非常清楚的美国人,除了夏力先生之外,更无别人了。

他在中国执业医生已经三年了。他在中国新女性集中的地带——上海,而他的业务又是以女性的疾病为对象的。

他批评中国女性是柔美的，"歇司的里"① 的，善于颠倒男性的。中国女性的肌肤比美国女性的更光滑；中国女性的仪态比英国女性的更大方。然而可惜得很，她们爱逸恶劳，而且具备了相当于巴黎女性的爱好修饰的天性。

假如在平常时间来说，美国女性耗了三分之一的时间于交际，中国女性便要耗了三分之一的时间去修饰她的颜面。

名誉是中国女性的第一生命，修饰才是她的第二生命。

当三个中国女性聚在一起时，她们评论别人的修饰，谁好谁坏，妄下断语；两个中国女性聚在一起时，她们研究市面的化妆品；一个中国女性独居，对着镜子拉近推远地研究自己的颜面。

我很服膺夏力先生的见解，他不只是一个医学的研究者，而且是一个民族性的分析者。我问他为什么要离开中国？他说上海的环境日趋恶劣，中国不久要跟日本人在这儿打一次大仗，所以他回到美国来了。

我问他这次回来，为什么要住在好莱坞？他说：因为过惯了上海的温带，不愿在美国过寒过热的地方居住，所以选择了好莱坞。

我问他是否将在好莱坞开业？他说：很好，我也希望替好莱坞的女性服务的。我问：从前在美国哪一个地方执业？

---

① 歇司的里：英语 hysteria 的音译，今译"歇斯底里"。

他说旧金山。谈到这里，他拿出很多在中国带回来的纪念品给我参观，这些都是我生平所罕见的。

珍没有等胖探长念完，便"呸"的一声，跟着说："荒谬的夏力！把上海一部分的奢侈女性来代表了中国女性，他真该死！"

"别生气，凶手已替你泄愤了，珍小姐。"胖侦探笑了笑，跟着又把报看了一看，又笑了笑，才跟西郎说：

"原来罗拔希利太太的所谓调查，也不过是根据这张报吧。我因为没有读过报，竟给她抢白一顿了！"

"这倒是闲事。你现在得到了更明晰的轮廓，我得祝你早日成功！"西郎说。

"不，这使我的头脑更混乱！死者在上海有很多艳迹，案子就应该带点桃色。凶手应该也是从中国归来的人，但唯一可疑的卢机迪是从北美来好莱坞购买影片的，似乎跟夏力先生风马牛不相及了。"胖侦探说。

"卢机迪告诉过你的事，你忘记了么？他说凶案发现前的星期六晚，他听得夏力在房里跟人家吵架，那人的声音很低，似乎跟他要五百元，但夏力只允给五十元，这一段事也许是个线索。"西郎说。

"不过，"胖侦探歇了一歇，"卢机迪故意捏做一件故事来搅乱我们的思潮，也有可能。因为那晚的吵架，只有'据他说'，侍者并无所闻。"

"你始终认为卢机迪的嫌疑最大？"

"是的。"

"你以为卢机迪是从窗口越过月台再越过窗口，而爬进夏力的房间里来刺死他的吗？"

"也许……是的。"

"你验过了卢机迪的鞋子了吗？"

"验过的，但凶手所穿的鞋子，比卢机迪的为小，然而一个人故意穿了一双比自己的脚为小的鞋子留下了乱人视线的痕迹，是常有的事，何况他是有穿了手套才去杀人的聪明？"

"你曾经检验过卢机迪房里的窗子的痕迹么？"

"没有。在他自己的房间里，他大可以从容地抹去一切痕迹的，检验它也是白费功夫。"

"但我始终没有从卢机迪身上得着一些灵感。"西郎坚决地说。

"我希望你多花一些时间留在这儿，更深刻地研究。"胖侦探说。

"对不起！今天我要参观马泰来公司的大摄影场，早有了约会，恕不奉陪了。"西郎说。

"那么，明天再见你。我希望你在这儿有五天的逗留。"胖侦探拉着他的手。

"要是珍的游兴未阑，我可以答应的。"

"侦探长，"珍笑了笑，"别听他歪缠，我没有这样的权威！"

"但赵先生有这样的灵感啊！"胖侦探微笑地瞧了西郎一眼。

大家又说着笑，直到第九号侦探进来，低低说了两句，胖侦探才跟西郎和珍告别。

房里只剩下了西郎和珍，珍问："这乱七八糟的案子，你的意见怎样？你始终替卢机迪洗脱，难道你心目中已有一个凶手吗？"

"你是不是想替我出卖假期呢？"

"不是。"

"那么，就请你不要问我，让我忘掉了这宗案子。假如我一加思索，总会有线索可寻。我为了宝贵我的理想，又非奔走追寻不可了。"

"难道谈论一下就得动手去破案吗？你不姓赵，姓赖，逃赖的赖！"珍有些着愠了。

"我本来是一个探案的饥渴者，一天到晚期待着复杂离奇的案子的降临，现在碰到了，不幸而不是在自己的领域中，更不幸而在神圣不可侵犯的假期里，那又有什么好说呢？而你却要问长问短，我为了负责我自己的评语，就不得不经过严密的思索，一经过严密的思索，事实好像在向我招手，使我舍不得束手不理，那就惹来无限烦恼了。为了免除烦恼，最聪明的办法是对你不予答复。"

西郎的议论越拉越长，势将成了一篇演讲词，幸亏珍举手制止了：

"够了！够了！我们谈些别的事情吧。"

"还是让我们回返到游览好不好？"西郎说。

"好的，马泰来公司摄影场游览是几点钟开始？"

"十一点。"

"时间还多着，我们到世界十字街玩一回好吗？"

"听你的意思。"

"世界十字街"不是一条街道的名称，而是一间挺新颖组合的大商店，它在好莱坞大道的中心点，当游客在好莱坞大道走着的时候，一抬头就可以看见建筑物顶上竖起一个很大的圆球，上面写着"世界的十字街"。

这是一间大规模的商店，里边是怎样的呢？西郎不知道，只知道这是大规模商店而已。

当西郎和珍一走进去，两个穿了漂亮服装的招待员立刻笑脸迎人，问他俩是否需要到一个指定的地区，如果需要，他得做向导者。

西郎和珍目的不在哪一区域，便说"不需要"，随往里边去。这是一条用光滑的白石砌成的路，两旁是草地，小型商店分在两边草地排列建筑，商店的色彩是巴黎式的，出售的东西自然是法国商品，原来这就叫巴黎街。

巴黎街朝右拐弯是罗马街，意大利装束的女人在招待顾客，矮小的意大利人忙碌地端上咖啡、意大利粉和意大利面包给他的顾客。

还没有走完罗马街，俄罗斯的音乐就雄壮地播出来，过一些就是莫斯科街了。苏联的货品，以皮革居多，没什么可以流连的。但一到墨西哥街可就不同了，墨西哥人的玩品真多，连日常生活的小工具也充满了玩品色彩，每一件都有它的艺术价值，使珍冲动地买了十多种东西，直至西郎那双手不能再拿为止。

走过了墨西哥街，便是亚细亚街，这真是一条包罗万有的街：中国、印度、日本、马来亚、爪哇、土耳其，都有一家商店。中国商店陈列着苏州漆的用具、杭州丝织品、广东食品，都是顾客如云，生意滔滔。

离开世界十字街，他俩回到爵士大饭店等候领导他俩参观马泰来公司的中国朋友，但一进房间便看见了一张访客留字，说：

西郎：

　　因手续未妥，今日仍未取得参观证。明日上午九时当来相见，届时方能决定参观日期。

萧文留启　即日

不知萧文自己事忙，还是马泰来公司的参观证不易取得，那天是西郎立心要参观摄影的第三天了，但依然还是要等。他只好把秩序修改，改在洛桑矶^①海滨浴场进午餐。

穿了游泳衣进午餐倒是另有一番风味的玩意儿。这长达四五百码的海滨，密密排着乳白色的矮桌子，在蓝白间条子的巨伞下，人们就在这儿进着他的午餐。

好莱坞的夏季并不酷热，太阳也很和蔼，大概因为阳光得透

_____

① 洛桑矶："洛杉矶"。

过一层薄雾，所以不像赤道的太阳，把人们的皮肤晒得漆黑。假如把非洲的土人迁到这儿，让他住上一个世纪，他的子孙也许会变成了白人。气候、太阳、环境，常是人类的染缸。

太平洋的海涛也许晓得这是合众国的文化城吧？不然，为什么它一涌到了洛桑矶的海岸就变得这么温柔和文静，而又近于整齐呢？

海滨浴场在西南角植了许多热带的香花，当西南季候风吹过来的时候，把花的气息送进人们的鼻子，使人们意味到风是从辽远的热带吹来的。这有世界性的海、风、太阳，有意无意地教人领略了宇宙的壮丽而洪大。

在这儿，西郎和珍遇见了十多个以电影为业的中国人，遇见了罗拔希利夫妇，还遇见了第九号侦探，他和西郎打起招呼来：

"赵先生，你也有这样兴致吗？"第九号侦探说。

"也和你一样，在这偷快的地方进午餐呢。"西郎说。

"你说得我太雅致了。"他笑得很局促。

"也许是业务么？"珍忍不住问。

"是的。"第九号侦探坐下来，低声地说，"不是又为了九〇三号的事情吗？探长要我监视罗拔希利夫妇。很苦！我被迫到这儿来，毫无准备，只好租赁了一件不合身材的泳衣。"

"强迫你做了大腹贾，不是便宜了你么？"西郎扯了扯他的泳衣说。

"别说得太响，罗拔希利夫妇就在前边呢。"他屈着手肘，碰了西朗一下。

"案情有新发现吗？"

"是的。但使探长更加走入黑暗了。"

"谁又给他疑惑呢？"

"是解严后五分钟内首先离开爵士大饭店的一个女人，这是五〇三号房的住客，现在已被扣留在警厅了。"

"她嫌疑在哪里？"

"她始终不肯说出她到好莱坞的原因，这是第一；她许久以前，曾到过中国，这是第二。"

"她不肯说出到好莱坞的原因，不算是嫌疑证据，美国公民是自由的，她有权不将该保留的秘密公开呀！"

"她也是这样主张。不过她还供给我们一条线索：她在凶案发生那晚的深夜二时左右，她偶然望出窗外，看见一个穿了黑色衣服头戴呢帽的男人从救生梯匆匆地走下来。她因为并不知道九楼发生凶案，所以没有注意。"

"她认得那黑衣男人的面貌吗？"

"凭着微弱的月色，只能看出他是穿黑衣服，他是个男人，身材并不高大。"

"午夜两点钟，她还不曾睡吗？"

"她失眠。"

"为什么她不早些把这事告诉警探？"

"她说怕麻烦。"

"一解严她就到外边去的原因知道吗？"

"她要去看医生，她每晨都是这样的。"

"那么，探长已经放弃了卢机迪了？"西郎问。

"探长为什么放弃了卢机迪？"第九号侦探反问。

"探长先前的主张，就是卢机迪从自己的房里越窗过去杀死夏力的，现在根据那女住客的报告，假如是真的，那么，这黑衣男人决不是卢机迪，因为卢机迪可以很便利地回到自己房里，无须累赘地走着那九层高的救生梯呀！"

"大约探长也想到这一点了。"

说到这里，罗拔希利夫妇突然起座往更衣室跑，第九号侦探告别了一声，又匆匆地去了。

一个浅夜，胖侦探约了西郎和珍到尼斯餐室吃晚餐，胖侦探带了两张照片来，第一张，是死者眼球的遗像。

原来美国的科学家已发明了一种死像的显影术，一个突然遭受意外打击而暴死的人，在他死前的一刹那，会睁大眼睛，把最后一瞥的情景尽量收入眼球里，科学家便把死者的眼球挖下，用化学方法把眼睛的第一块膜脱下来，以冲晒影片的方法，冲晒在一张胶片上，再加以普通方法放大，于是死者最后一瞥的情景，可以重复出现了。

凭这种方法去破获案件，已有好几件证明有效，最清楚的一次，是纽约四十二街的"汽车压毙路人案"，一个中年男子突然给汽车压毙，那汽车竟不顾逃去，后来凭了这种死像显影术，发现死像中那辆汽车的号码很鲜明，警厅得凭这证据去拘获司机。

胖侦探把死者眼球的遗像展开在餐桌上给西郎看，然而可惜得很，因为死者房里的电灯没有亮，只有微弱的月色从窗口透进来，光线不够，所以死者当时也瞧不到什么，仅仅有一个勉强可以辨得出的人形而已。

这一张照片，可说是失败。

第二张，是一个脚印的放大照片。凶手从窗口跳进来，第一步很重，所以把橡胶鞋印在地板上，很清晰，第二步便模糊，但后踵很重。两个脚印，汇印起来，互相印证，便得到一个完全的放大图，知道凶手穿了一双买回来不久的橡胶底鞋子，这双鞋子是三K公司的出品，都市人士除了田径运动和打球之外，从没有穿起来走路的。

胖侦探好像要炫耀好莱坞侦探技术的高明，他又将一封信递给西郎，西郎打开一看，就是：

限……止，如果……我，我决不……

胖侦探很高兴地说："这是第六号侦探的杰作，他小心地把夏力房间里那烧毁了的信灰，用一块玻璃片压平，然后用放大镜逐个字观察，可以瞧得出的就是这几个字。据第六号侦探的意见，原信似乎是这样的……"说完又拿出一张纸来，上面写着：

限至某日止，如果不交钱给我，我决不客气了！

西郎点了点头说："推想得很对，大约这个勒索五百元的低声男子写给夏力的，夏力不愿意人家瞧到，所以焚毁了。"

"你以为这封信是什么时候交到夏力手里的呢？"胖侦探问。

"当晚，如果早一晚，信灰早给侍者扫去了。"西郎说。

"对的。那么凶手在送了这信的几小时之后便来谋杀了？"

"照例是这样猜度才对，不过进一步说，这理由不能成立。凶手在杀人之前来一封信叫人防备，这是一桩危险的事。死者接到了警告，并不迁居，又不防范，也不把窗子关牢。他们两个人，仿佛有意麻烦侦探似的，世间哪有这样的事？"

"我以为不应这样想，我假定凶手想杀死夏力，故意写一封信给他，说若干日不答复，就不客气了，使他在这一两天并不提防，就出其不意，予以杀害。"胖侦探说。

"低声男子所要求的是五百元而已，而不是要他的性命，假如他要他的性命，他不会亲自见他一次，更不会写这一封信给他。换句话说，低声男子只想要夏力的钱，所以反复地去把他恐吓。"西郎说。

"依你的意见，低声男子是低声男子，凶手是凶手了。"

"这似乎较为合理，不致误入歧途。"

"赵先生，你的思想，已经脱离了书本了，书本教我们无论对任何一个案中嫌疑人，都不能放过，你却对本案的每一个嫌疑人都叫我放过。"胖侦探有些气愤了。

"因为我常常破案都是从书本以外找到了灵感，我想把这种见解供给你参考。但一个人是常常产生错觉的，自己的错觉得让别人纠正。探长，你能纠正我，我是很欢迎的。"西郎又变得很谦恭了。

"大概一个旁观者跟一个在职者的心理总有点分别：旁观者可以放过一切而另寻他的灵感的对象；在职者不能这样随便，他得牢牢地把握着每一条线索，因为他不能就此让案件摆在档案上搁一百年啊！"胖侦探说。

珍忍不住了："一点不错！一个在职者跟一个旁观者根本不要谈案里的事。在职者希望旁观者附和他每一个想象，甚至替他罗织事实来证明他的想象的合理，但旁观者偏偏天真地指出他的弱点，于是在职者很不高兴了。"

"不能这样说，起始我是很接纳赵先生的指导的，但假如全部接纳了，我得把这桩案子根本放弃，那叫我有什么办法呢？"胖侦探说。

"很好！"珍笑了笑说，"那么，你走你的路线吧，赵先生常常走绝路的。"

"再见！"胖侦探站起来。

"珍小姐不善修词，请不要见怪。"西郎拉着他的手。

"谢谢你！"胖侦探连头也不回地走了。

珍哼了一声说："瞧他这副神气，一点侦探家的修养也没有！"

"你知道他约我们吃晚餐为了什么？"西郎说。

"在你面前炫耀好莱坞侦探能够运用最新的科学手段而已，他并不是虚心来向你求教！"

"不错，他像德国人的头脑，以为科学可以征服世界，他始终不讲灵感，我预料他也像上一次的'伪钞案'一样，得到了破损面子的失败！"

"上次他失败得很狼狈吗？"

"是的，他武断市面偶然发现的伪钞是从日本航运而来的，结果，邻省的侦探局发现了伪钞是在好莱坞附近乡村制造，会同他去破获，那时他才知道他的错误，面子很过不去。"

"本案的凶手，真的不是他所列举出的嫌疑人吗？"珍问。

"这是可以影响假期的询问啊！"

"影响假期不是一桩大事，保持面子才是一桩大事。胖侦探有面子，就是你没有面子。我希望你能秘密参与此案，破了给他瞧瞧！"

"连一周旅行假期都出卖给美国政府吗？"

"算他一场造化！"

"好！只要你同意，我是乐意去做的。让我暗地里跟他来一个探案竞赛吧！"

第二天的中午，西郎和珍期待了许久的马泰来公司摄影场的游览终于实现了。从中午起，一直到下午四点半止，才终止了这个游览，拖着疲乏的步子，回到爵士大饭店。

第二天清早，西郎用电话通知饭店的总管理处，计算他这几天来的账。

珍不明白地说："你不参与这案子便返旧金山么？"

"不，我正要参与这案子才赶速返旧金山呢！"

"你以为这案子的关系人不在这儿吗？"

"也许先回去一行，然后再来，比较有把握些。"

"祝你成功！"

从好莱坞到旧金山是很便当的，不过六个钟头火车，他俩重新踏上这可爱的半岛了。

那晚，西郎独个儿走到益生祥山货店，访问谢元盛。

谢元盛是益生祥山货店的购货员，一年之中，他总要返祖国购货一次，对祖国情形是很熟习的。

"前几天你才从祖国回来么？"西郎问。

"是的，星期四才到。"谢元盛答。

"在上海多久？"

"约莫两个月。"

"夏力医生在上海开业吗？"

"对的，在上海爱多亚路。"

"他挂牌医的是什么病？肺痨专科吗？妇科吗？还是花柳科？"

"都不对。他开了一家美容院。"

"美容院？"西郎好像很感兴趣似的，"专替妇女修理颜面的么？"

"不错，上海近年很流行这种营业：两家美国人开的美容院，五六家日本人开的，中国人开的也有。"

"美容院的范围你可以知道吗？"

"不大清楚。"谢元盛想了一想，立刻打开皮包，拿出了几份上海出版的报纸来，打开看了一会，指着一段广告说，"这是他们的业务范围了。"

西郎接过报纸一看，广告是这样说：

爱多亚路奥迪安美容院，增聘名手，添置仪器，不论颜面缺憾，胸无曲线，一经施用手术，无不巧夺天工。

"谢谢你！我可以剪了这段广告吗？"西郎说。

"可以的。"谢元盛拿起剪刀替他剪了下来。

"夏力医生也是上星期从上海回来的，也许跟你同坐一条船。"

"他坐的是头等，我坐的是二等，即使同船也不会知道的。"

"你晓得他在上海的生意好吗？"

"很好，因为凡是美容院都很发达，而且比他以前在旧金山更好了。"

"干吗他要回到美国来？"

"怕是因为中日战争的空气一天天紧张，许多在华的外国人都办回国手续。"

"谢谢你！"西郎告别了。

过了几天，许珍妮突然在大清早就走到西郎的寓所，西郎刚起床，奇怪地说："这样早就由屋伦过来吗？今日为什么不上办公？"

"我要来看你，所以请了一天假。"

"很好！我也想你跟我去拜会'夏力被杀案'中的一个最重要

人物。"西郎说。

"又要到好莱坞一趟吗?"

"不,那人就在旧金山。"

"这几天,你一直努力于这案子么?"

"对了,我会见过五个人:两个从上海回来的自己人,一个国家美容院院长,一个三年前在最红牌药行做经理的,和自由大戏院的经理先生。"

"你给我开这一张会客名单有什么用?"

"一条代数的答案是从许多 ABCD 互相乘除而得到的。"

"那么,你已得到了你的 X 吗?"

"只差最后的结算,至多一两天,我可以向社会交卷了!"

"可惜胖侦探向社会交卷在你之前呢!你去抄袭他的答数,那岂不更便当了么!"她哈哈地笑着。

"什么?"他跳了起来,"谁告诉你的?"

"新闻记者。"

"给我看!"

珍从手提包拿出了一份昨天出版的好莱坞《美国人报》来,指着把红线划着的一段给他看,内容这样说:

比银城编剧者所想象出来的情节更离奇的"爵士大饭店命案",在我们贤明的侦探手里是决不会永远是一个谜的。

若干嫌疑者中,肥胖的侦探长毕地巴根选到了主角了。

梳尔域——这是一个并不生疏的名字,至少在好莱坞住上了六个月的人对他就不生疏。当警察厅在六个月以前执行着加省政府的命令而禁止"吃角子老虎"[1]时，他抨击过政府，他发表过谈话，因为他是拥有五十个"吃角子老虎"的代理权的大经纪。

此后，梳尔域的职业只有天晓得了。

从爵士大饭店的侍者和总管理处通传部职员的口里，毕地巴根侦探长知道梳尔域曾到过九〇三号找夏力先生，并曾向夏力恐吓，要夏力在四十八小时之内给他五百元，要是不答应，他将宣布夏力以前在医界的丑史，但夏力只答应给他五十元。

血案发生之夜的八点钟，梳尔域给夏力一封最后警告信，附以两颗子弹。夏力焚烧了恐吓信，把两颗子弹掷在窗外，一颗坠落在地面广场的沙堆里，一颗穿入吊着让风干准备烧烤的鸡体里，给侦探们良好的线索，才得因此而捕获了梳尔域。

在警厅里，梳尔域再给侦探以麻烦，他只承认写信恐吓夏力，但否认自己是本案的凶手。他说，夏力是一个技术拙劣而又贪婪的医生，过去曾因为过于大意而弄出了许多违反医界道德的事件，假如他将这些事实向社会宣布，夏力将不能再想在加利福尼亚省立足。他向夏力索取的代价，仅是

---

① 吃角子老虎："老虎机"（slot machine），一种用零钱赌博的机器。

五百元而已。

侦探长问他：假如夏力不允照付，你便怎样对付他？梳尔域谓决向社会宣布夏力过去的缺点。问你用什么方式宣布？梳尔域说用报纸。问哪一家报纸可以受你支配？梳尔域谓每一家报纸都可以。于是侦探长马上致电话给好莱坞所有的报馆，大家一致答复，并没有受梳尔域支配的一回事。

侦探长再问梳尔域，现在各报馆的答复已把你的计划粉碎了，目前剩下来的问题是：你在各报不能协助你敲诈而夏力又不肯给你五百元时，你便怎样对付夏力而已。

梳尔域于是毫无主意地答，打算过几天再向夏力恐吓。这已经等于承认刺杀夏力的供词了。

像梳尔域这样凶暴的汉子，谁能够保证他不在老羞成怒的心情下刺杀他的仇敌呢！

而且，夏力曾对人宣泄他被梳尔域勒索，将会引起控诉。梳尔域这家伙有什么办法来灭口呢？除了刺杀之外。

赵西郎一口气读完了这一段报导，于是他下了一句评语："这是一篇评论而不是一段新闻。"

"什么？"珍有点奇怪了，"你说这还不够理由来处置梳尔域吗？"

"梳尔域不是凶手！"

"怎见得？"

"他要夏力的钱，不要夏力的命，即使不得已时得杀死夏力，但他决不会忽略了夏力的身边财产。珍，你忘记了吗？夏力的身边财产，一点没有变动，现在安全地给警厅收贮起来了。"

"不过，当一个人杀了人之后，未必有豫暇的心情去搜索财物，梳尔域又不是一个惯于杀人的积犯。"

"如果梳尔域聘任我替他辩护，我可以马上教他自由退出警厅。"他骄傲地说。

"别胡扯吧！你不是已经技穷了吗？"

"你这'激将'法很能收到效果，等我穿好衣服，立刻和你去拜会我们的真正案中凶手！"他一面穿衣服一面说。

"你以事实来替梳尔域辩护吗？"

"是的，我相信他只是一个勒索匪而不是杀人犯。"

"很好的，我要结交你的杀人犯呀！"珍笑着说。

西郎也笑着点了点头，拿起电话，摇到自由大戏院，谈了几句，便拖了珍下楼，走进汽车，往西开去。

很快地，车子到了自由大戏院，西郎响了三声汽笛，一个头顶秃了发的中年人从戏院走下来。

西郎向他点了点头，便介绍珍认识他。他叫约翰侯活，自由大戏院的经理人。

车子不大，前面坐三个人就很挤，西郎当然让侯活坐在后厢，还教珍伴着他。

车开了，珍要在案子未揭晓前知道一点内容，她问侯活说：

"现在我们到哪儿去？"

"旧金山南区。"

"找谁？"

"唔……"侯活有些讶异了，"你不知道么？不是找梨丝戴维斯还找谁？"

"梨丝戴维斯？"珍念了几遍说，"她？是她吗？"

"对了！"

"三年前鼎鼎大名的女俳优，啊呀！她不是到了欧洲吗？"

"不，报上登载这消息是不确实的，她已经归隐了。"

"一个女俳优，在极红的时候归隐，在美国还是创举！"

"这是戏院的不幸！每年戏剧季节，我们又在想念她和访问她，尽了我们所能来要求她重登舞台，然而，每次都给她拒绝。"侯活慨叹地说。

"也许她嫁给了一个很体面的英国绅士，而那绅士又不高兴她以色相示人？"珍说。

"不，你再猜猜吧。"

"她嫁给加省一个著名富翁，富翁要独占她，不许她再见一个陌生人？"

"再猜猜吧。"

"她自己有足够一生享用的存款，不想再从事这早起夜睡的生涯了？"

"也不是。"

"她归隐的原因到底在哪里？"珍问。

"其实我们也不知道。她是个神秘的女人，她自从谢绝舞台生活之后，她仅凭变卖存下来的饰物度活，她拓了几亩地，种些廉价的农作物，和她的唯一的女徒住在旧金山南区，过着简单而艰苦的日子。"侯活答。

"你有问过她为什么自甘于这种澹泊的生活吗？"

"她三年来没有会见过她的访客，我们就连问她一句的机会也没有的。"

"她似乎要避世，但她却住在接近着繁华都市的近郊，那真不可解了。"

"这有解释的，她需要把农作物变作钞票，远离都市是卖不到钱的。最初，她不愿意人家知道她住在那儿，后来她的芳邻听到她的歌声而知道她来了，消息才传到了我们的耳朵。"

"她还不忘歌唱吗？"

"每天的清晨，她是依照她一向的习惯，向着大自然歌唱的。她的歌喉没有损坏，仍旧是醉人的，她还在训练她的承继者，她似乎不愿女徒永远埋没于园林。"

"真是一个神秘的女人！"

旧金山南区在望了。由侯活的指示，西郎在一个小农场的门前把车子停下来。

一个年纪仅上十八岁的女孩子迎将上来，跟侯活招呼了一声。

侯活问："梨丝戴维斯小姐好吗？"

她答："很好。"

侯活介绍西郎和珍跟那女孩子相见。女孩子名叫安娜披福，脸孔长得不错，可是在太阳下面操作太久，皮肤蒙上了一层淡棕色。

"我想看看梨丝戴维斯小姐，行吗？"侯活问。

"我以为她仍旧是不愿意见客。侯活先生，她不是说过她总有一天高兴见客时，她就首先见你吗？"安娜披福说。

"是的。不过今天我领了一位陌生朋友来，他非见她不可。"侯活说。

"就是赵西郎先生吗？"安娜披福看了西郎一眼。

"对的。"西郎笑着点头。

"赵先生有什么事要见她呢？"

"这事情跟我的业务有关的。"

"赵先生是……"安娜披福望着侯活。

"是一个侦探！"侯活答。

"侦探？"女孩子有些儿惊愕。

"我今天必要见她，请你跟她说明我的身份。当我认为非见罗斯福先生不可时，罗斯福先生也得帮我的忙的。"西郎鞠着躬。

安娜披福像旋风似的跑进房子去，侯活领着西郎和珍进了客厅。

西郎迅速地把耳朵靠近墙壁倾听，但听不到什么声息，抬头一看，才晓得这小房子也有二楼，大概梨丝戴维斯的寝室是在楼上了。

果然，一会儿，安娜披福从房子里的楼梯走下来，恭敬地对西郎说："赵先生，梨丝戴维斯小姐教我代表她接见你。你有什么事情找她？我可以代表她复你。"

"不行！"他摇了摇头，"我问她的话谁也不能代答的。你告诉她，一个侦探决不会像一般的访客一样垂头回去的。她不见我便去见她！"

安娜披福呆了一会，默不作声地再次上楼，一会，她又走下来，说：

"梨丝戴维斯小姐不愿见人，但你一定要和她直接谈话也可以，她要向你提一个要求：请你站在她的寝室的门前，她只能跟你隔着一块木门来谈话。这请赵先生原谅，她的退隐是一种宗教的信仰，受了神的启示，她在某一个时期里是不能够跟任何一个人见面的。"

"这可以，我们得尊重她的操守。请你领我们登楼吧。"西郎说。

于是他们三个人被带到楼上。

楼上一条甬道，并列着两个房间。安娜披福开了自己的房门，移了两把椅子出来，让他们坐下。

西郎站在梨丝戴维斯那寝室的门前，安娜披福开始介绍，说："西郎先生已经到了，请小姐答话。"

于是室内透出一阵娇得像黄莺儿的声音来："很好，请坐。"

"梨丝戴维斯小姐，我是赵西郎，今天有点事情骚扰你，很对不起！"西郎礼貌地说。

"什么事？我跟社会没有关系已经三年多了，我能够帮你什么忙呢？"梨丝戴维斯在寝室里说。

"你能够毫不隐讳地答复我每一句话，就是对我最大的帮忙。"

"可以的。"

"谢谢呢！"

西郎于是从衣袋里掏了一本小册子来，开始第一句质问：

"三年前，你是不是认识了美容医生夏力？"

"……是的。"她歇了一会才答。

"那时候，你曾要求他替你增加你的鼻子的高度和解除你在大笑时你脸上现出的泪痕，是不是？"

"是的。"

"夏力向你索取很高的代价，二千元或二千元以上。"

"三千元。"

"钱你已付给他了，但他的技术很坏，他用日本式手术，替你先行毁灭了鼻子和割去泪痕侧边的脸皮。于是……"

"不！不！"她大声地嚷，声音带了战栗。

"为什么不？"西郎也高声说。

"不！不！他没有替我修改面容！"

"没有替你修改面容吗？为什么你仇视他？"

"因为他骗走了我的三千元！"

"梨丝戴维斯小姐，我早就向你要求，你得毫不隐讳地答复我，你现在是制造谎言！我再问你，你为什么退隐？"

"我厌恶了舞台，厌恶了夜生活，甚至连社会的人也厌恶了！所以我退隐。"

"不！请你把三年前的旧事重温一下吧！你是一个最爱惜青春

的女人，你不满意于你的年纪的痕迹透露在你的脸上，所以你向夏力医生请教。夏力医生知道你是当代红女优，要在你身上发一笔财，因此不顾一切地答应了你，但是他的技术坏得很，简直连脱却一颗瘼^①痣的方法也没有，他却夸言要替全世界的丑女人服务，要替上帝完成未竟的工作。他不特接受你的改造脸皮的请求，还提出替你改造鼻子。当时你曾向一个老医生请教，老医生劝你不要信仰还未完备的科学，但你不听这劝告，这是老医生告诉我的。你终于在戏剧季节的终结时，作这冒险的尝试了！夏力医生凭了日本杂志的书本教育来动手，他把一个红女优来做他的试验的松鼠，结果……"

"不！"她大声狂呼。

"你别打断我的谈话吧，梨斯戴维斯小姐！"西郎继续着他的话，"结果，夏力医生失败了！他满不在乎地，他在没有希望的那一天逃了去。后来，且到了中国了。而你呢，直至脸皮和鼻子经过破坏而恢复健康之后，你才发觉你已经变成了另外一个人——一个脸孔丑恶得令人可怕的人！"

"……"她没有声响。

"于是，你为了使你的美丽印象永留人间，你决意避世。就在那时，你便突然失踪，向荒烟蔓草中度你的凄凉岁月了！"西郎用沉重的声调说。

---

① 瘼（mèng）：方言，痣。

大家紧张地倾听着西郎的陈述和质问，更注意着隔着木门的梨丝戴维斯的反应。但，很久很久，里边一点声息也没有。

　　"梨丝戴维斯小姐，我说的对不对？"西郎再问。

　　安娜披福也插了一句："小姐，答复赵先生吧。"

　　大家倾耳听着，里边还是一点声息也没有。

　　"安娜披福小姐，寝室里有月台没有，人能从月台跳下地面吗？"西郎低声问。

　　"月台是有的，不过跳下地面是不可能，因为太高了。"安娜披福答。

　　"有月台就靠不住了！请你原谅我，我得把门弄开了！"说着，伸手敲门，高声说，"梨丝戴维斯小姐，你不答复我，我得自己进来了！"

　　安娜披福连忙把他拦住，要求给她一个机会，让她再叫一下门。西郎答应。

　　她正想提高嗓子对里边说话，不料室里破然发出了一声怪叫，跟着一种重物坠地的声音。

　　"不好！"西郎说了这一句，便迅速地运用气力，以肩膀碰向木门，碰了两下，木门给碰开了。

　　这寝室里的惨像，立刻映进大家的眼底：梨丝戴维斯已仆在地上，脸和胸都紧贴着地板，鲜血从衣里渗透出来。

　　安娜披福疯狂似的走过去，要把她扶起。

　　珍制止她，西郎和侯活合力将梨丝戴维斯抬到床上，她两只手牢牢握着的一柄小刀，还插在胸膛，因为小刀插进胸膛之后，再加上一仆，小刀受了身体的压力，就几乎连柄子也插进胸膛里。

西郎仔细地把小刀拔了出来，顺手拉了一块毛巾，压堵住从伤口喷出来的血。

安娜披福也伸着战栗的手，抓了一瓶威士忌酒，由珍帮助她倒了一杯，灌进梨丝戴维斯的口里。一会，她的眼皮渐渐活动，跟着发出微弱的呻吟。

她年纪是三十岁过外了，穿了一套晨装。西郎在三年前的杂志上，常常看见她的照片，除了鼻子略嫌稍低之外，眼、脸、唇，都十分美丽。现在，因为鼻子给夏力医生弄坏，变了塌鼻子，两颊受了二度创伤，疤痕累累，再因伤口痛苦，丑恶得简直不像一个人。

一代的红女优，为了妄想增加她的美丽，竟获致这样的结果。

珍在淌着同情的眼泪。侯活跟她是老朋友，想不到三年不见，她竟变得这样可怜和可怕，不觉也眼眶潮润，掉下了几颗泪珠。

她的眼皮张开了，眼睛露了一线，呼吸很紧促。一会儿，她瞧见了侯活，瞧见陌生的西郎和珍，她淌着泪，断断续续地吐出了几句话来："让我毁灭了我这丑恶的肉体吧！但不要毁灭我在人世上的美丽的盛誉！这是我向你们的最后要求！"

她说完了，闭上了嘴，阖上了眼，双手很沉重地伸到了胸前，又很沉重地再伸到了脸部，张开了十个指头，把脸部掩盖着。

西郎伸手摸了摸她的手脉，以紧张的神态注视着她。突然，他放下了手，肃立着。

一代红女优，就这样结束了她的生命。

安娜披福蹲在床前，埋头在梨丝戴维斯的脚下，呜呜狂哭。

西郎拿了桌面上的桌布，盖着尸体的脸孔，大家默默地呆视了片刻，珍让安娜披福哭到适当时间，便过来劝止她。

西郎请各人下楼休息，让他独个儿在这里完成他的工作。

他在室里翻了半个钟头，才找到了一只绣花鞋子、一套黑色的男人服装、一顶呢帽、一双橡胶底的皮鞋。这些东西，都是梨丝戴维斯在舞台上扮演《巴黎街灯下》的舞蹈剧所用的。此外，还检到了一束报纸。

西郎下了楼，侯活抢着问：

"现在我们应该怎样？"

"替一个自杀的公民秘密举行殡仪是犯法的。我们要报告警厅。"西郎说。

"然而，她曾要求我们替她系持她美丽的盛誉，这事一经公开，我们便无以对死者了！"侯活说。

"西郎，"珍也忍不住了，"你不能替一个红女优做点事么？"

"如果对已死者徇情，便对未死者不义！"西郎叹了一口气说。

"你的意思是指梳尔域那个小流氓吗？"侯活问。

"对的。这事如果不告诉好莱坞的胖侦探毕地巴根，梳尔域是永远洗脱不掉谋杀夏力的罪名。"

"没有其他的方法了？"

"没有了。"

西郎终于把这事经过报告当地警厅，并立刻拍了一个电报到好莱坞给毕地巴根侦探，请他在三小时内到旧金山南区来拘捕"夏力被杀案"的凶手，但没有告诉他凶手已经自杀的消息。

这是一个很大的玩笑！胖侦探复了电报说"即来"之后，便率领着第六号和第九号侦探，乘飞机到旧金山南区机场来。

西郎早派了警长在机场迎接，由警长的引导，到了梨丝戴维斯的小农场，跟赵西郎拉手。

"凶手在哪儿？你已经替我拘获了吗？"胖侦探欣慰地说。

"对的！"西郎笑着答。

"为什么不把他带到警厅里呢？"胖侦探问。

"在这儿不是一样吗？横竖她永远不会逃去了！"西郎说。

"你说'她'吗？不是'他'？"

"她！"

"我早就怀疑是'她'了，所以我在日记里，把凶手假定为'她'，这也可算不出我意料之外。"他已忘记了曾对第六号、第九号侦探说过"凶手一定是男性"的话了。

"探长的灵感，我是很佩服的。"西郎说。

"别开玩笑吧！这案子全仗你的帮助，否则我怎能够这么快便获得了凶手！赵先生，能够领我一见凶手吗？"

"可以的，我们上楼再说。"

西郎说完，便和珍及侯活等几个人领了毕地巴根等一同登楼，指着梨丝戴维斯的遗体说：

"这就是本案的凶手了！"

胖侦探的神色现出诧异，迅速揭开了桌布，瞧见了丑恶的面孔，奇怪地问：

"谁？"

"就是她！"西郎指着挂在壁上的照片叫他看。

这照片是梨丝戴维斯在三年前拍的，拈花微笑，媚态逼人。照片上端还题了字，就是"梨丝戴维斯小姐"。

胖侦探张大了口，呆呆地瞧着照片，一会，又看看遗体，才说："想不到，杀人犯就是三年前蜚声美国的红女优呀！赵先生，你凭什么灵感而发觉她的呢？"

西郎想了一想，说："这很难说，大约就因为我看了夏力脸上的刀痕吧。凶手杀了他之后，更在他的脸上狠狠地划了几刀，这分明表示凶手是怀着很深的仇恨而要痛快地报复。我再看凶手的鞋印，是三年前流行的三 K 牌运动鞋。这种鞋子，近年已很少看见，而照片所示，鞋子又是新的，我便想到凶手这双鞋子早在三年前已买备，但至今仍未多穿，这晚是特地穿来行凶的。买备了三年而不多穿的鞋子，只有舞台上的人物才会有；同时，鞋度又很小，男人除了男孩子以外，不会有这样小的脚。于是，我知道凶手是一个女人而故意穿了男人的鞋子。假如凶手在行凶前去购买一双鞋子，决不会买到三年前流行，现在已绝迹的三 K 牌，所以我又决定凶手是一个舞台上的女优了。

"我知道夏力医生三年前曾在旧金山开业，我便假定他在那时恋上了一个女优，后来抛弃了她而到中国去，现在回来了，女优在报纸上得到了消息，便来杀死他。由此，我决意在旧金山开始探访工作，访问过由中国回来的人，访问过医界，于是我知道关于夏力的一切。夏力从前在旧金山开美容院，专替妇女修改颜面和膨胀乳房。同时，我又知道一个红女优在那时突然失踪。一个正在红得发紫的女优，突然谢绝舞台不奇，奇在连社会的交际也谢绝。

"于是我的灵感告诉我：夏力一定修容错误，毁坏了梨丝戴维斯的颜面，不得不走到中国多做点试验功夫。而梨丝戴维斯为了保持社会对她的美丽印象起见，决意谢绝社会了。

"后来，我访问过几个医生，从一个老医生的口中，知道梨丝戴维斯有过改容的议论，我便更加坚定了自己的信心。结果，我获得约翰侯活先生——旧金山自由大戏院的经理人的介绍，到这里找她一谈，以证实我的理想。"

"她一见你就自杀吗？"胖侦探问。

"是的，她希望在自杀以后，侦探可以替她保存美丽的盛誉。她不愿意她的丑恶暴于公庭，所以我问她的话还未说完，她已经自杀了。"

"她怎知道夏力到了好莱坞呢？"胖侦探问。

"好莱坞的报纸告诉她。"西郎指着桌上那束报纸。

胖侦探望过去，更发现了绣花鞋，奇异地说："真怪！为什么她抓了一只绣花鞋回来？"

"你瞧瞧鞋里的黑色血渍，就可想见当晚的情形了：她杀了人之后，不愿遗留凶刀，所以随手在桌上拿了一只鞋，把小刀藏了，怀了便逃。这双绣花鞋子，是夏力从中国带回来的纪念品。"西郎说。

胖侦探表示佩服了，伸手握着西郎的手说："你是真正的中国大侦探！你的灵感是天赋的。假如说科学能统治人生，那么，科学该为灵感所统治，亘千百年而不变！"

胖侦探向许珍妮互换了一个满意的微笑。侯活、第六号、第九号侦探、警长也笑，甚至天真的女孩安娜披福也在笑了。

第四案

冒险家之死

为了要领略夏夜的风味，扶轮会本星期六的晚会便在露台上举行。

这一个月来，扶轮会会员参加晚会的要算今晚最踊跃了，因为今晚有一个很富吸引力的节目，不是什么新走红运的舞蹈家来会表演，也不是什么低音歌伶在这儿优先献技，而是一个冒险旅行摄影师莅会讲述他的冒险经过。

他的名字是邓尔飞，两年前早已蜚声好莱坞。过去七百天中，他在好莱坞人士的心目中，他是已经死去。电影院放映他所摄影的出品，早已用过"遗作"的字眼。现在，他突然在好莱坞复活，已使人十分兴奋，何况他还活生生地在演讲台上出现呢。

主席李安先生向会友介绍过邓尔飞先生的历史，然后由几位体面的绅士，把邓尔飞从休息室里拥了出来，立刻掌声雷动。

邓尔飞在他棕色的脸上展现了微笑，屈着高大的身躯向大家鞠躬。灯光从顶上投射下来，把他从额上到左耳的冒险纪念的伤创疤痕显得很清楚，大家看见了，都会想象到这位冒险家是从死神的手里逃出来的。

他开始讲述他的冒险故事：

"我知道上帝是继续宠爱着我的，所以一九三二年我坠车死不掉，前年波斯尼亚号邮船的沉没，我也死不掉。波斯尼亚号邮船的沉没，是因为它在海洋上遇了火灾。我们一组搭客被指定在一条救生艇上，救生艇开动了，波斯尼亚号就开始沉没了。我们在距离它三百码的时候，它已经带着熊熊烈焰，没入水里，仿佛连海水也着了火。

"救生艇在火热的南海里漂流，一天，两天，三天，我们还瞧不见陆地。

"这天晚上，突然来了一阵飓风，我们的救生艇因为抵不住巨涛的袭击而破碎了，我被投掷到波浪里，上帝给我两块木板，凭了它，我在第四天午间，给一条独木舟救起，独木舟上坐着的是不通言语的南海小岛的岛民。终于，我和他们在一个孤岛上共同生活了。

"主席先生，今晚的宴会有没有鱼呢？假如有的话，我就决不高兴，因为我吃了一年零六个月的鱼餐。有时，我们在半个月里吃不到其他杂粮，自己仿佛变了海狗，现在一提到鱼我就怕，怕我又要做海狗了。

"一年零六个月的海岛生活结束了，我得谢谢罗素理蒙号的船长，他瞧见我的烽火，马上把船驶近海岛，把我带到非洲，在非洲住了两个月，我才回美国来。

"我永远想：上帝是继续宠爱着我的，所以我一点没有顾虑到生死问题。我在非洲借了哥伦比亚公司远征队的摄影机，深入死山，拍摄毒蛇猛兽影片，曾跟像汽油桶般巨的毒蛇搏斗，曾跟比我重三倍的野水熊搏斗，终于，我安全地把它们丑恶的面孔带回来了。"

演讲词并没有"最后一点！""还有一点！"那么冗长，但他事前已答允在演讲后一同聚餐。在席上，扶轮会会员得向他自由发问。座谈比演讲当然更容易会令人满足，因此在他讲完之后，没有一个人愿意放弃这顿晚餐。

晚会的秩序继续着，邓尔飞又被招待进了休息室，由扶轮会的招待员丹奴小姐任招待。

会员在演奏低声的音乐，银锯和杜璧铃 ① 合奏，像子规夜啼，像孤舟泣妇，使听众阖上眼睛，无限低徊！

主席李安听得神往了，闭上眼睛，专心领略给音乐所带到的境地，但他的手突然给一只手轻轻拍了一下，他睁开了眼睛一看，丹奴小姐展开了微笑，递过来一张信纸，上面写着几行字：

李安先生：

　　要事外出，半小时后回来。但不要等我吃晚餐了！

邓尔飞

李安点了点头，丹奴退出了，李安继续欣赏音乐。

音乐秩序之后，是女会友歌唱，唱的是古曲，占时间很长。

最后是会务报告，完结了，聚餐开始。

那时，距离邓尔飞外出的时间，已经超过半小时了。在长桌子上面，空出了一个座位，大家都知道那位缺席的客人就是邓

---

① 杜璧铃：疑为英语 Tambourine 的音译，即铃鼓。

尔飞。

最焦急的不是主席李安而是会员白施域，他是新闻记者，《洛桑矶时报》的记者，事前就准备了一个谈话腹稿，打算在席向邓尔飞发问，以便把他的冒险故事，写成小说式的记载。

菜式一个跟着一个地端上来了，邓尔飞还没有回来，一直到席终人散了，他仍旧在"要事外出"之中。

嚷着"晚安"的高贵士女陆续散去了，白施域并不走，他问李安为什么邓尔飞突然缺席，李安把信给他看，他惊讶地说：

"从他离开到现在，已经整整的四个'半小时'了。李安先生，你不怀疑他会有意外么？"

"有什么意外不意外？他是一个没有妻的冒险家，突然给女人缠住了，也就什么也忘掉了。"李安笑着说。

"他住在哪儿？我想访问他一次。"白施域说。

"保禄华道七〇一号公寓。"

"谢谢你了。"

白施域说完，走到保管部领取他的外衣和帽子，就在保管部听到了离奇的消息：

衣物管理员正在跟餐室侍者谈话，她问侍者："邓尔飞先生在餐室不在？"

侍者回说邓尔飞在聚餐之前走了。衣物管理员很是错愕，指着一份衣物说是邓尔飞先生的。

白施域顺眼瞧了一瞧：一顶帽子、一件薄呢大衣、一根手杖和一只皮包。他也有些不解了，便向管理员问：

“邓尔飞先生是不是常常这样的？”

“不是，他今晚才是第一次到这儿吧，他是不是个健忘的人，我可不知道。不过扶轮会的会员，喝酒太多了，就常常扶醉而去，衣物留在这儿，明天派人来拿也不足为奇的。”衣物管理员答。

“如果邓尔飞先生派人来拿东西，请你教他就在这儿拨个电话到《洛桑矶时报》通知我，我要跟他谈话。”白施域一壁低声说，一壁从怀里掏出一张名片递给她。

衣物管理员答应了，白施域一声“晚安”，便出了扶轮会，驾着车子，很快便到了保禄华道找着七〇一号公寓，推开大门，向公寓梯口的通话总处查看，查到第四层第四号房的一栏上，插着邓尔飞的名片，他便伸手把栏内的小电钮按了一下。

他晓得这新式小巧的工具，会立刻使第四层第四号房里的电铃响起来，要是有人在房里，便会在房里开了那座小通声机的机捩，高声叫访客登楼，访客也就可以在楼下这小电钮前，听到主人的声音，踏进自动电梯，直上楼去。

但当白施域按了几次电钮，始终没有回声，他知道主人不在了，然而他竟不信任科学，仍然要登楼看看，到了第四层找着第四号房，敲了一会门，才正式宣布失望。

他拖着疲乏的步履，踏上车子，懒洋洋地开返报馆。到了编辑部，接线生叫了他一声，他照例懒洋洋地招了招手。

接线生告诉他，扶轮会刚才有电话来，叫他回来时打电话去。

他听了，立刻兴奋起来，便驳线到扶轮会，问谁找他。一会儿，衣物管理员来接谈了：

"你是白施域先生么？"管理员问。

"是的。"他说。

"邓尔飞先生已派了一个小孩来取回他的衣物了。我叫他打电话给你，但你不在报馆。"

"啊！真糟！你有问过小孩是从哪儿来的吗？"

"是洛桑矶饭店的小侍者。"

"他有说过邓尔飞先生是在洛桑矶饭店吗？"

"说过的。"

"你已经把衣物交给他了？"

"是的。小孩拿了我们发给邓尔飞先生的第八十六号贮物证来，我们验过无误，便把衣物给他了。"

"小孩的帽章有号码吗？"

"有，第六号。"

"谢谢你！"

白施域放下话筒，马上出了报馆，驾车驰到洛桑矶饭店，停了车旋风似的走进会客厅，向每一个小侍者的帽章注视，结果，在餐间找到了第六号。

"你是受了邓尔飞先生的委托，到扶轮会拿东西的吗？"白施域问。

"是的。"小侍者答。

"邓尔飞先生现在哪里？"

"我不晓得。"

"他不是住在这里么？"

"不。他是在会客厅坐着，忽然对我说，他要搭夜车，并要先到餐间进餐，但进餐需要一些时间，不能分身到扶轮会，所以教我拿贮物证代他去取回衣物。我接过贮物证便到扶轮会，衣物拿回来时，他在餐间匆忙地喝了一杯威士忌，拿了衣物，便匆匆走了。匆忙地。"

"那么，他是来喝酒的，不是这儿的住客了？"

"是的。"

"有没有叫你替他买车票？"

"没有。"

"叫计程汽车呢？"

"也没有。"

白施域呆住了，邓尔飞到了哪儿去呢？真的搭火车去了么？假如是真的，他的访问记就得搁笔了。

一边想，一边回《洛桑矶时报》去，他心里很不舒服，没精打采地回到自己的办公位，拉开打字机，把今晚的经过情形，做了一个报告给编辑主任。

编辑主任见了报告，突然招了他进去，兴奋地对他说：

"这是一条很好的新闻呀！"

"什么？我连邓尔飞的访问也错过了，这还算作新闻？"白施域说。

"访问记是意料中的，邓尔飞逃席而去是意料外的。狗咬人不是新闻，人咬狗才是新闻呢！"编辑主任说。

"你打算用一条什么标题？"

"邓尔飞突告失踪！"

"不太夸张吗？"

"哪里算夸张？他不是自己说出去半小时便回到扶轮会的吗？但结果没有回来，这不能否认是失踪；这是扶轮会的口气，不是社会的口气，没什么不好呢。"

"但他后来叫人到扶轮会领回衣物，这怎能说是失踪？而且扶轮会的人都晓得他到过洛桑矶饭店了。"白施域固执地说。

"但当你到洛桑矶饭店时，你找得到他吗？这还不能说失踪？"

"最好让我到保禄华道七〇一号公寓再找他，然后才决定这条文稿的发表，你同意吗？"白施域提出了办法。

"也好。"编辑主任表示同意地点着头。

他迅速地去了，一会，带了紧张的神色回来，回说编辑主任，邓尔飞大概真的搭夜车北行了，截至深夜三时，他还没有回到公寓。"

编辑主任便把他的报告改造成了一条新闻稿，并夸张地加上大标题：

冒险家的神秘！
邓尔飞先生昨晚突然失踪！
二百个扶轮会会员等候他聚餐，不欢而散！

第二天早晨，《洛桑矶时报》成为全市最哄动的报纸，白施域成为全市最注目的新闻记者。

嗅觉比狗还灵敏的《洛桑矶时报》的经理部，马上加印五万份当天的报，以应付这突然的需要，让报童挟着报骑着脚踏车在街道上穿梭般走，供应各销报站。

所有餐厅、咖啡馆，朝会的场所，火车候车处，都谈论着邓尔飞的新闻。好莱坞这一个早晨的空气，全给邓尔飞的新闻包办了。

《洛桑矶时报》经理部的事务员，奉了经理的命令，在今晨九时以前，召集采访部所有的人员，十时以前，召集编辑部人员。

采访部人员的召集是很困难的，因为每一个外勤记者都是活跃分子，谁都尽量延长他自己的夜生活，早晨的太阳，并不为他们而设。自然，经理部的事务员得从宿舍的床上叫他们起来，但他们却未必在自己的床上睡觉，所以事务员要辗转探问他们每个人的踪迹，以传达经理的命令。

当事务员找到了白施域之后，他问事务员为什么叫他起来，事务员把经理的通告递给他看，通告是这样说的：

邓尔飞的尸首在菲列摩山发现，值勤记者已经参加侦探部的检验工作，但本报为求详尽起见，决派全部记者出动，请于本日上午九时齐集采访部。

经理史丹璧

八月九日

白施域看了通告，兴奋得跳起床来，说："天啊！《洛桑矶时报》的幸运！我昨晚无意写成的邓尔飞失踪新闻，今天哄动整个好莱坞了！"

像兵队出发般的迅速，他在五分钟内梳洗换衣完毕，叫事务员回复经理，他直接到菲列摩山去了，说完便跳上汽车，开尽了速度到菲列摩山。

山腰围拢了一大堆人，排在公路上的汽车已经有七八十辆，他接着那汽车行列排到最后，停放好车子，一口气往山腰跑。

冲入人丛中，他看见了仰卧在地上的邓尔飞尸体，满身血渍，血渍已变了瘀红色。最刺目的是头部的两度伤痕：一在前额，一在后脑。前额的伤口，裂开像一朵花；后脑伤得最重，脑浆也在溢出，大约这伤是致命的。

尸旁站着四个很忙的人：一个是第六号侦探，一个是第七号侦探，一个第九号侦探，和以肥胖著名的侦探长毕地巴根。

白施域向来跟他认识，便上前招呼了一声，胖侦探一看见了白施域，连忙伸出肥胖的手来，说：

"好运气！正想到报馆找你，你却来了！"

"有什么指教？"白施域说。

"不是为了这桩案子么？我相信你是能够帮助我擒拿凶手的！"胖侦探说。

"别开玩笑呢！我是外勤记者，不是外勤侦探啊！"

"这不是玩笑，看到你写的邓尔飞失踪新闻，经过详细，已是半篇侦探小说了。今天你能够和我一起跑半天，一定会使我迅速接近胜利。"

"我很高兴替你服务，跟你跑半个月也愿意，只不知我能否有助于你吧。"

"很好！我们一起到扶轮会走一趟吧，这儿的一切证件我已登记好了。"

胖侦探说完，教第六号跟着自己，留下第七号和第九号在这里料理未竟的工作。吩咐完毕，上了警车，白施域也驾了自己的小福特车一起开到扶轮会。

这时时候还早，会里办事的人还没有到，只有两个人在那里，一个是衣物管理员，一个是餐室侍者。

胖侦探叫侍者马上到各职员的住宅，把他们都召集到会讯问。

侍者去了，胖侦探在餐室坐下，叫衣物管理员陪伴，四个人围着桌子谈起来。

"邓尔飞从扶轮会外出的时候，是坐什么车子的？他有自用车吗？他叫计程汽车吗？他借用扶轮会会员的自用车吗？还是有人派车来接他的呢？"胖侦探问。

衣物管理员摇头说"不知道"。白施域更加完全不知道。

"谁负责管理门前的车子？"胖侦探又问。

"一个侍者名叫康力的。"管理员答。

"他在哪儿？"

"刚出去，一会便回来的。"

白施域忍不住了，他打断了两人的话头，问胖侦探说："你能告诉我，凶案是怎样发生的吗？"

"只有上帝晓得。"胖侦探笑了。

"不，我是问谁先发现这凶案的。"

"一个交通警察，他今早巡视郊外，偶然望见山腰的乱草丛中，有人伸出一条腿来，他丢下了机器脚踏车，上前瞧瞧，发现这就是邓尔飞的尸首。"

"你在那儿有什么发现？他是给别人杀死了以后把尸身放在那儿的，还是就在那儿被人杀死？这也许不须问上帝了吧？"白施域说。

"大概他曾跟凶手在山上一块小平原斗殴，他被凶手打倒在地，并碰在一块小石上，便碰伤了额部。凶手还用一根手杖向他后脑重重地打了一下，手杖是镶了琥珀头的，所以一下便把他的后脑打穿，因此致命。凶手又怕尸身被人发现，把他推下山坡，而山坡的斜度不大，身体仅仅滚到山腰便停了下来。我在小平原观察了几分钟，凭着地面上的血迹，描绘出当时斗殴的情形。在血迹的五码外，我还拾获了一个手杖的琥珀头，证明凶手是倒拿着手杖向他猛打，因此手杖的琥珀头也中断而飞坠五码之外。凶手杀人后，怕手杖上的指纹给警探发现，便携同手杖逃走，但当时是黑夜，找不到手杖头，也就放弃它了。我还从死者的衣裳上找到了两个鞋印，证明凶手曾用脚把死者推落山坡。现在已把鞋印显出，即可印出整个形图了。"

胖侦探一壁说，白施域一壁记录在小册子。一会，胖侦探又补充一句：“在报上发表的时候，别提到凶手的鞋印。”

“怕凶手着惊么？”

“是的。”

“死者身上的银物存在吗？”

“所有值钱的东西都失掉了！”

“手表呢？”

“你怎知道他有手表？”胖侦探反问。

“因为我看见他左腕上有痕迹。”白施域答。

“你眼力倒不差！”

“手表到底哪里去？”

“大概给凶手搜刮去了。凶手很小心，死者身上的贵重东西全搜了去，甚至领带上的别针也不能幸免。”

“那么，这是一桩劫杀案了？”白施域停笔等他答复。

“你就假定这一个名目也不见得坏。”胖侦探答。

“你的意见，以为这不像一桩劫杀案吗？”

“我很怀疑，劫匪凭了什么法宝，能够由扶轮会引诱他到菲列摩山呢？”

“那么，这是一桩情杀案么？”白施域问。

“也有可能，你在新闻稿里，应该说是凶杀案，比较聪明些。”

“而且比较滑头些！”白施域笑着说。

胖侦探也笑了，大家又谈了一会，扶轮会的职员次第回来了。

“邓尔飞昨晚离开这儿的时候是坐什么车子的？”胖侦探首先向站在门前专管车子的侍者康力发问。

"邓尔飞先生有一部自用车子呀！"康力答。

"你记得号码吗？"

"已经忘了，但你要知道是不难的。"

"问谁？"

"问鲁意士先生。"

"是不是制片家鲁意士先生？"

"对了。"

"为什么他会知道？"

"因为这部车子是他借给邓尔飞先生的。他们是老朋友。"

"很好！你替我拨一个电话给鲁意士先生，让我跟他接谈。"

胖侦探说完，康力应了一声，便拨着电话，驳好了线，把话筒递给胖侦探，他拿起了话筒问：

"你是鲁意士先生么？"

"是的。你是毕地巴根侦探长吗？"

"不错。你借给邓尔飞的车子是什么号码？现在可知道这车子在哪里？"

"H8711，不晓得它现在哪里。"鲁意士答。

"很好！我负责替你调查那车子的踪迹，我很想跟你面谈一会，现在你能到扶轮会来吗？"

"可以的。"

"谢谢你！"

胖侦探放下话筒，想了一想，又拿起了它，搭线到警厅，通知全市警察，调查 H8711 号车子的下落，并吩咐发觉了踪迹之后，不许移动分毫。

打完了电话，他又问扶轮会的职员说："谁负责管理电话的？"

"我。"丹奴小姐站了起来，跟胖侦探点了点头。

"你的名字？"

"丹奴·比雅萍治。"

"昨天晚上打电话来找邓尔飞先生的是谁？"

"是一个女人的声音。"丹奴答。

"当时你有问过她的名字吗？"

"有，现在忘了，但我可以在三分钟内找出她的名字来。"

丹奴说着，走进电话室里，把一个临时备忘册子拿了出来，翻了一会，然后指着一行字说："这就是那位小姐的名字！"

胖侦探看了一看，是：

莎里菲奥小姐，访邓尔飞先生，七时零五分。

胖侦探很高兴地说："贵会办理得很好，你们对会友服务，更是无微不至！每次有人打电话来都登记就更好，这对于侦探有着很大便利！"

"但我们这种登记是为了便利会友而不是便利侦探的，因为会友常常喝醉了酒，很久才来接听电话，对方早就收线，所以索性登记了，省得这些醉汉问电话局问得人家头痛。"丹奴说。

"这种制度很值得推行，得到利益的，侦探比醉汉为多。"胖侦探说。

"探长，我可以回去吗？"

"等一会，我还得问你，当你把莎里菲奥小姐有电话来的消息告诉邓尔飞先生时，他的神态怎样？喜悦？不安？还是惊惶？"

"喜悦而带点惊惶，他很快地便从休息室走进电话室。"

"你不是教侍者把话筒端在银盘子送到休息室的么？"

"因为晚上人很多，通常都是自己到电话室的。"

"你有领他进电话室吗？"

"没有。"

"那么，你听不到他跟对方所谈的是什么话了？"

"当然。"

"这样……"胖侦探有点失望，歇了一会，又说，"他从电话室里出来的时候，仍旧是带着喜悦的神态么？"

"是的，而且很兴奋。"她想了一想，续说，"他还走到写字桌前，匆忙地写了一张字条，叫我替他送给李安主席。我拿了字条到露台去，后来回到休息室，他已经出去了。瞧他当时的喜悦神态，想不到竟会出了事的！"

"莎里菲奥是一个怎样的人？跟扶轮会有什么关系？"

"我从来没有听过这名字。"

"谢谢你！我要问你的只是这些，你可以自由去办你的事了。"

胖侦探伸手跟丹奴握了一下，丹奴去了。

两个人的谈话，白施域也登记起来，但胖侦探表示这段谈话，不愿在报上发表，白施域有点愤懑。

"鲁意士先生来了！"侍者康力告诉胖侦探。

胖侦探在客厅会见他。他是一个六十多岁的老人，长了银胡子，精明的眼睛，和蔼的脸孔，带了伤感的神气。

"毕地巴根侦探长，我真想不到一个冒险家竟死在一个平凡的山岗！"鲁意士说。

"林肯总统死在一个不著名的人的手里。历史原是平凡的，上帝常常给人间以感叹。但我们能替邓尔飞先生复仇，那还不致成为大大的缺憾。"胖侦探说。

"探长对本案已经有一点线索了吗？"

"现在还是开始吧。阁下是邓尔飞先生的老朋友，自然很了解他，他的品性和社会人事关系怎样？请阁下详细告诉我。"

"邓尔飞先生也像我们一样，对朋友很热情，充满了快乐的人生观。"

"有没有人恨他？"胖侦探想了一会才说。

"他刚从非洲回来，只有五天而已，决不会马上就跟人家结怨。"

"跟他一同回来的朋友，你认识吗？"

"不。"

"两年前，他在好莱坞有没有跟人家发生过仇恨呢？"

"没有。他在摄影场工作，从来就很少在外边活动。不过喝了酒打架是偶然会有的，但这样小事，说不上甚虽仇恨呀！"

"他有情人或者太太吗？"

"他没有太太，在非洲有没有可不知道。但并没有听说过他带了太太回家，情人也是一样。"

"莎里菲奥小姐是他的什么人？"

"不知道，这名字很陌生，让我调查一下再答复你。"

"白施域，"胖侦探转过来，"你是新闻记者，在社会建立了很复杂的人事关系，你应该想一想，莎里菲奥是一个怎样的女人呀。"

"莎里是名，菲奥是姓，不特这一个名字生疏，连姓氏也生疏，我所认识的人从来没有姓菲奥的。我只有向你道歉，一些也不能供给你参考。"白施域说。

"那真教人头痛！我希望你赶快回报馆问问你们的参考股，也许会知道那位小姐是什么人。"胖侦探说。

"很好。我可以替你问问，不过我预料决不会有满意的答复。"白施域说。

美国的警政办理得很好，何况好莱坞又是一个富有的都市，警察数量又多，所以并不很久，H8711号的汽车，已在好莱坞山的东村发现了。

胖侦探和助手第九号侦探很快便开车赶到那儿研究，看见了树林里站着两名警察。他们下了车，走近来，警察见过了礼，胖侦探往右望，果然有一辆深蓝色的车子停放在树下，正是H8711。

"谁首先发现这车子的？"胖侦探问。

"第一○二号警察。"一○二号警察答。

"有没有开了车门看过里边？"

"没有，探长。"

"没有让任谁开过车门么？"

"是的，探长。"

胖侦探点了点头，拿了放大镜出来，小心地把各个车门的开关检查了一遍，才走进车子的前厢，把舵盘也检查了一遍，他嘴里嚷着："那人很聪明，把手指印也揩得一干二净了！"

但当他验看到手掣时，他又高兴地说："手掣上的指印却忽略了！第九号，把它印出来！"

第九号侦探迅速走进去，从身上拿出药粉和印指器，屈身在车厢里工作。

胖侦探又下车在四周的地面上细心地观察，又发现了一只鞋印，指着它对第九号侦探说："这里还有一个鞋印。那人第一脚着地时很重。你一并把它登记起来吧！"

一切工作完毕，胖侦探教一○二号警察把那车子开返警厅，通知鲁意士把它领回。

胖侦探跟第九号侦探回到警厅，第六号侦探从化验室走出来，向他报告一件奇事，就是那琥珀手杖头在显微镜观察下，发现了两种血：一种是 A 型，一种 B 型。

接着第九号侦探也报告他把在那汽车附近登记的鞋印显好，跟凶手踏在死者身上的鞋印对照，却是一只大一只小，完全不相符，证明凶手是一个人，把车子驶到东村的又是另外一个人。

这天的下午，胖侦探因为女优谋杀夏力医生一案，还有一些手续未完，得到旧金山一行，便带同第六号侦探一块儿去。

到了旧金山，他在加利区警厅办妥了手续之后，即打了一个电话约赵西郎到上海酒楼吃中国菜。

赵西郎很高兴地应约而来，寒暄了几句，便畅谈起来，胖侦探问他可知道好莱坞昨天晚上发生的奇案不？

赵西郎说他已看过了晚报，但并不详细。

胖侦探拿出了小册子来，把案情说了一遍，还把各要点指出，一些也不遗漏。

西郎听了，闭上眼睛，思索了一会。

"你的灵感怎样？"胖侦探问。

"灵感告诉我，这宗案子并不困难！"西郎说。

"真好！你能够到好莱坞走一趟吗？"胖侦探问。

"你替我向我的上司请到了假，我马上去！"

"一点不困难。"胖侦探回头招了侍者来，对他说，"替我搭一个电话到加利区警厅，请探长谈话。"

侍者应声去了，不一会，拿了一个银盘子端了电话筒来。

胖侦探便跟加利区警厅的侦探长谈了一会，用"谢谢你！"结束了谈话，很高兴地告诉西郎说："我们明天清早可以一起到好莱坞了！"

到了好莱坞，西郎要到出事地点重新勘察一遍，胖侦探便偕同第六号和第九号侦探随着他去。

西郎指着山腰问了一回，然他教他们三人凭了记忆力来判定一个问题，就是："死者邓尔飞身上的东西是被搜索于打架地点的小平原上还是被搜索于小山坡下？"

大家极力思索了一会，结果一致认定死者是给凶手推下了山坡之后才被搜索身上的东西。因为大家都记起了死者衣服的痕迹，外衣张开，裤袋被挖出，如果在平原上给搜索过才推下山坡来，是决不会呈露着这样情形的。

于是西郎叫第六号侦探登记在小册子上说："凶手没有搜索过邓尔飞的尸身。推下山坡之后，给另外一个人搜掠去他身上的一切。"

歇了一歇，西郎又说："可能地，盗窃者在搜索得银物之后，看见了一辆没有人管理的车子停在路旁，便盗了车子，一直开到洛桑矶饭店，拿出了贮物证，叫小侍者替他到扶轮会领取邓尔飞的衣物。小侍者拿了衣物回来之后，他便拿着衣物把车子开到好莱坞山的东村。"

胖侦探点了点头说："你估量得不错，但是问题来了，盗窃者自己没有车子么？"

"也许没有。"西郎说。

"盗窃者最初是步行到小山坡的吗？"胖侦探问。

"说不定。"西郎答。

"盗窃者和凶手是一伙人么？"

"不。"

"怎见得？"

"要是同是一伙人，那么，凶手在行凶之后，便会让盗窃者在小平原上搜索死者的财物，决不会把死者推下山坡以增加搜索的困难。我的灵感告诉我，盗窃者偶然在山坡下走过，发现了死者或是听得死者死前的呻吟声，因而走近一瞧，看见他已死或垂死了，而四周又无人，一时贪念顿起，也就不顾一切，把死者的东西搜索拿走了。"

"盗窃者是个穷汉吗？"

"并不很穷，如果很穷，衣衫一定很褴褛。试想一个衣衫褴褛的人，怎敢进大饭店指挥侍者到扶轮会拿东西？"西郎说。

"他不很穷，但没有车子，却又穿得相当华丽，赵先生，这也许太矛盾吧！"胖侦探说。

"像好莱坞这样的繁华都市，根本就是矛盾的！一个穿得挺漂亮的汉子，常常是个穷光蛋，而且架子相当大，特别是电影界的演员。"

"那么，他在晚上步行这僻静而又人迹罕到的菲列摩山却为了什么？"

"这就是我们的课题了！"西郎说。

"把经常巡视菲列摩山的警察调来问问好不好？"胖侦探说。

"很好。"

"第六号，你去！"

胖侦探说完，第六号侦探应声去了。他又问西郎：

"手杖琥珀头有两种血，一种 A 型，一种 B 型，死者可能亦曾拿起手杖打过凶手一下而打伤了凶手。这点推测，你同意吗？"

"同意，但你应该研究死者的血是 A 型还是 B 型，好做将来的根据。"

"很好，明天我派人从尸身抽点血来验验，这是不困难的。"

"调查过死者的寓所吗？"西郎问。

"还没有时间去过。"胖侦探答。

"一会儿我们走一遭吧。"西郎建议。

"好。"胖侦探点着头。

第六号侦探以高速度的机器脚踏车把经常巡视菲列摩山的第九〇号警察带回来。

"八月八日的晚上，你有巡过菲列摩山吗？"胖侦探发问。

"没有。"第九〇号警察答。

"因此八月九日的清晨才发觉凶案么？"

"是的。"

"菲列摩山没甚风景，也少农作物，所以人迹罕到么？"

"不算人迹罕到，因为那儿有很多热带树，电影制片公司常常去拍片，一星期总有一两天发现影界中人的踪迹；同时，因为太僻静了，多情男女也常常利用那儿作夜间谈情之所，特别是星期六的晚上，最是热闹。我在星期六的晚间是常到那儿巡视的，八月八日不是星期六，所以没有去。"

"八月八日的白天，有人在那儿拍过电影吗？"西郎插嘴问。

"有一家小公司叫路里北比力的，曾借菲列摩山作热带背景，拍了半天戏。"第九〇号警察说。

"一直拍到什么时候？"

"大约到下午五点。"

"路里北比力公司在哪里？"

"在派拉蒙公司附近。"

"电影公司通常在什么时候开始办公？"

"每晨七时三十分。"

"很好。明天早上，你在警厅等我。"

"知道，赵西郎先生。"第九〇号警察退出了。

"你以为这些失了时间性的新闻对于本案很有贡献吗？"胖侦探问。

"有很大的贡献！我们马上到邓尔飞的寓所去吧。"

"好！"胖侦探立刻跟他一起到保禄华道。

八月十一日的清晨，好莱坞披上了明媚的晨装。

一辆汽车停在警厅门前，白施域从车子走出来，恰想进去，迎面来了胖侦深、第六号侦探、第九〇号警察和一个中国青年。

白施域招呼了一声："侦探长，往哪儿去？我能够跟在一块儿走么？"

"本来是可以的，但我得先征求我的朋友的同意。"胖侦探说着，低声问了西郎几句。

西郎点了点头，胖侦探便介绍两人认识，然后一起登车。

白施域也只好舍弃了自己的车子。

"赵西郎先生，"白施域很快慰地说，"好莱坞得到你来是很荣耀的！我很想知道一点灵感，你能够告诉我，昨天晚上邓尔飞寓所之行的收获吗？"

"可以的，但……"西郎把话顿住。

胖侦探知道他的意思，便替他补充下去："但贵记者没有发表的自由。"

"向来我是尊重侦探的意见的。难道我跟探长还不够朋友吗？"白施域说。

"好的！"西郎即往下说，"告诉你吧，我已经获得莎里菲奥小姐的照片了！"

"真的吗？"白施域惊喜地说，"我可以参观一下么？"

"可以的。"

西郎说着，从怀里掏出了照片给他，白施域兴奋地抢着接了过来看。

在他的意料中，莎里菲奥小姐一定是个绮年玉貌的女性，一定漂亮得很惊人，所以邓尔飞一听了她的电话，会立刻去会她，甚至牺牲了生命，也是为了她。但当他一看见了照片，他的想象完全错误，照片里的人，只是一个十二三岁的小姑娘，耳朵旁边挂了两条辫子，张着一双大眼睛，张开嘴巴在笑。小姑娘脸儿尖尖，鼻子高高，也算很美丽。

白施域拿着照片，看了一会，摸不着头脑，忍不住问："赵先生，她就是莎里菲奥小姐么，有什么证明？"

"你翻过来瞧瞧照片的背面，你就明白了。"西郎说。

白施域翻了照片一看，果然上面有两行字，这样写着：

莎里菲奥小姐

我永远记着你！邓尔飞

第一行用浅蓝墨水写，第二行用深蓝墨水写；前者的字迹很娟秀，后者很粗钝。大概"莎里菲奥小姐"是出自女人手笔，而"我永远记着你！邓尔飞"就是邓尔飞先生对本照片的品题了。

"那么，"白施域想了一想说，"这一宗案子变成毫无桃色成分了。"

"怎见得？"西郎反问他。

"谁会为了一个最多十三岁的小姑娘而作生死的斗争呢？"白施域答。

"你以为莎里菲奥小姐是十三岁小姑娘吗？"西郎笑起来了。

"为什么不？"

"瞧，这一张快要褪色的照片，大概是八九年前拍的，小姑娘的装束，正是八九年前女孩子的流行装束；同时，浅蓝墨水告诉你，当时的墨水商人还没有发明写在纸上经时越久色泽越深的墨水。如果你还嫌不够，你瞧一瞧这种咪纸，是不是落伍的出品？"西郎说。

"那么，你的意思是说，莎里菲奥小姐今年至少在二十一岁以上了？但，邓尔飞先生为什么眷恋着她的童年照片，而不向她讨一张今年拍的照片呢？"白施域把照片递还他，仍旧不服地说。

"当然他有他的'不向'的理由。"他把照片藏回怀里。

"这离奇的发现，给予赵先生以怎样的灵感？我是很高兴知道的。"

"灵感是有的，不过太凌乱了，恕我不能够系统地说出来。我常常想，人类到现在还不能用言语的技巧来表现人类的复杂思潮，也许将来用一个电动机来代表言语才胜任啊！"

胖侦探笑着说："赵先生太哲学了！"

白施域也笑着说："这正是最高的灵感！"

　　说话间车子已驶到路里北比力制片公司，大家下了车，走进办公室，找到了总经理。

　　胖侦探介绍过西郎，西郎要求他把八月八日在菲列摩山拍片的通告名单交出来参考，总经理就把当日的场记表给他。因为制片公司以场记表为最详细的报告。

　　西郎小心地看了一遍，便把那场记人召来讯问：

　　"这天拍完戏之后，谁曾失落了东西？"

　　"女主角蓓蒂巴莉。"场记人答。

　　"丢了什么东西？"

　　"一只珍珠镯上面的两颗珍珠。"

　　"什么时候才发觉？"

　　"回到公司之后。"

　　"那时是几点钟？"

　　"六点多。"

　　"她有再到菲列摩山找寻吗？"

　　"没有。"

　　"丢了的两颗珍珠值多少钱？"

　　"大约一百元。"

　　"蓓蒂巴莉小姐的周薪很高吗？"

"五百元。"

"她丢了两颗珍珠，纵不自己去找，也得派人去呀！"

"不，她满不在乎。五十元一颗的珍珠，她随时可以买回的。"

"有没有人自告奋勇去替她找寻？"

"没有。"

"在这天二十多个职员演员之中，谁最穷困？"

"大约是李安、尊尼和希尔拔三人。"场记人很流利地答。

"你很留心你的职演员，真可敬佩！"

"好说。这是应该的。侦探先生，没有什么话吗？"

"还得麻烦你把这二十多个职演员的住址交给我；同时，我十分希望你能陪同我到外边一行。"西郎说。

"可以的。我很荣幸得到替地方服务的机会！"

"谢谢你！"

西郎似乎除了这之外，再就没有其他要求了。

场记人把地址册找出来交给西郎，西郎便请他一起上车，在车上，西郎笑着说："各位，你以为我们应该到哪儿呢？"

"不消说是拜访三位穷光蛋了！"白施域说。

"我以为先找蓓蒂巴莉小姐呢。"第六号侦探说。

"探长，"西郎瞥了胖侦探一眼，说，"你以为谁猜得对呢？"

"唔……"胖侦探微笑着，"两位猜得都对。"

"你以为先到哪才对？"西郎仍旧笑着。

"到洛桑矶饭店！"胖侦探说。

西郎听了，拍掌赞美地说："探长真是我的知己了！"

车子到了洛桑矶饭店，西郎并不下车，只叫第六号侦探下去，把第六号小侍者带上车来。

白施域这时才恍然大悟说："赵先生，你连我的新闻故事也藏在脑子里，现在还拿来应用了。佩服得很！"

西郎笑着没有回答。

一会，第六号侦探把第六号小侍者带上车上来，他张大了小眼睛望着这一群侦探。西郎教他和自己一起坐着，车子便往西开。

"小孩子，别怕。我要借你那一双小眼睛去访寻一个客人。"西郎说。

"谁啊？先生。"小侍者问。

"八月八日的晚上，不是有一个人跑到洛桑矶饭店教你替他到扶轮会领取衣物么？"

"是的，先生。"

"就是那人，你应该告诉场记先生，那人穿了什么衣服，脸孔怎样和声音态度怎样。小孩，这位是场记先生。"

小侍者想了一会，便滔滔地讲述那人的容貌服装。

场记人听了，连忙说："对了对了！不必说下去了！我可以断定他就是希尔拔那家伙。"

西郎接着问场记人："希尔拔的行为怎样？"

"是个祖籍菲律宾的美国人。我们公司因要拍摄热带影片，所以雇了他充当演员。他平日很疏懒，金钱一到手就花尽，一天到晚都向人借贷。"场记人答。

"够了！"西郎说，"穷光蛋而爱花钱，已注定他只顾私利不负公安责任的脾气了。这天晚上他听说女主角在拍戏时丢掉了两颗珍珠的消息，便带了手电筒到菲列摩山去找寻。这是一种十分自然的推测！"

于是大家很高兴去会见那个案中要人。

车子以超过好莱坞市政府规定的每小时四十五哩的速率行驶，不一会便到了加灵街。

场记人叫停在四十二号公寓的门前，大家下了车，一起随着场记人进去。

希尔拔是一个二十七岁的青年人，脸孔带了热带的棕黄色，鼻子下长了名影星拷尔门①式的小胡子，穿上笔挺的灰色格子常服，像个小绅士。

当场记人一提出了来的是警探之后，他的脸孔立刻变了灰白色。

西郎问过小侍者，小侍者点了点头。

西郎便教第六号侦探和第九〇号警察开始检查，一面拉了希尔拔坐下，问他说："八日那天晚上，你已找到了珍珠吗？"

"不。"希尔拔立刻答。

"你不是乘夜到菲列摩山找寻蓓蒂巴莉小姐丢掉的两颗珍

---

① 拷尔门：罗纳德·考尔曼（Ronald Colman，1891—1958），英国演员，代表作《鸳梦重温》（*Random Harvest*）等。

珠吗？"

"是的，但没有找到。"

"却找到了一个死尸！"西郎有力地说。

"没有！没有！"他大声地答。

"假如没有找到了死尸，你不会得到了扶轮会的贮物证，得不到贮物证，也就不会走到洛桑矶饭店叫小侍者去领取衣物了。"

"贮物证是我从地上拾来的，我没有偷取过尸身上的东西。"

"好孩子！你已承认了找寻过珍珠，也已承认了发现尸体了，还是连偷盗了尸身上的东西都承认了吧！"

"我不是偷盗呀！"

"这还不算偷盗？你发现了尸体，拾获了贮物证，为什么不去报告警厅呢？"

"因为……我好奇……"他战栗起来了。

"这，我也不追究你。你应该告诉我，你看见那凶手吗？"

"不，不，我发现尸体的时候，凶手大概已走了很久，因为尸体的血液已凝结不流了。"

"尸身上有什么东西？"

"没有什么……不！我根本不知道！"

"你不在他的口袋搜索，怎能拿到了贮物证？"

"我早已告诉你，贮物证是从地上拾来的。"

"胡说！他口袋里决不会只有一张贮物证，更不会单单掉下了贮物证。你得忠实地告诉我，不然，我要叫你吃苦了！"

"我不能够承认我没有犯过的罪状啊！"

说到这里，第六号侦探把两件东西放在希尔拔的跟前，西郎指着它，说："这不是很好的证据吗？你还能够强辩？"

希尔拔张大了眼睛望着这两件东西，这两件东西是一个烟盒和一个烟斗，都是非洲出品而为本市商店所缺的货物。

于是他曾搜索过尸体上的东西的证据已确凿而无法再否认了。在锐利的侦探目光投射下，他不能不供出这一晚的经过来。

白施域凭了他的速记技能，把希尔拔的叙述，写成了一篇文章：

　　我开始找寻珍珠的时候，我站在公路的边缘，因为我记得蓓蒂巴莉小姐曾在停在公路上的车子前盘桓过一会，我的理想就是珍珠会在这儿出现。

　　当我开了手电筒寻找时，突然听到山上平原传来了争吵的声音，一时很响亮，一时又低弱，似乎有两个男人和一个女人。男人比女人讲的话较多，但因为当时风向是由南往北吹，我站在南面，所以听得不甚清楚，而且我的精神是集中在价值百余元的两颗珍珠，对于这些我毫无关系的争吵是不会留意的。我只能告诉你：有三个或三个以上的人在山上平原吵架，原因不详。

　　沿着公路一直到小森林，就是这天蓓蒂巴莉小姐走过的路，我不能放过它，便朝南行去，于是距离吵架地点更近了。山上演出了武剧，失败者被杀于手杖下，又被推下山坡，这时我一点不知道。

白白走了二百多码的公路，一些没有效果。结果，我又想起我们曾拍过戏的地方来，便又掉头回到停车地点再向北走了几十码，在手电筒的光圈范围，看见地上有一个烟斗，拾了起来，却是完好无缺的。我以为这是拍戏的工作人员所遗落的，便放进口袋，再继续找寻珍珠的工作。

　　忽地一阵汽车开动时发出的马达声，从约莫距离我三百码远的地方传过来，一会儿，又听得车子向西开去的声音。当时我没有注意，现在追想起来，这开车的一定是凶手！

　　找寻了约莫半个点头，我的收获很可怜，珍珠得不到，得到的除开这烟斗和这烟盒外，还有一个旧式破烂的摄影机。当时，我很失望，几乎想废然而返，但仍旧作最后一次寻找，手电筒无意中照射到较远的地方，于是一条人腿从乱草里被我发现了。

　　我怀着惊异的心情走近去看看，发现一个人被谋杀了！我想过救护他，但一摸他身体的温度已降到将近零度了。我又想过去报告警察，但给贪念缠绕着，我终于探手到他的口袋搜掠了二百三十五元钞票，另外还拿去他的钥匙、手表、墨水笔，和扶轮会的贮物证。

　　我又从他的衣袋里得到了名片，知道他就是鼎鼎大名的冒险摄影师邓尔飞先生。我理想他的衣物一定很值钱，便拿了贮物证，打算立刻到扶轮会领取。

　　忽然又看见公路上停着一部空无一人的车子，我推想这一定是邓尔飞先生的，便开了车子回去，驶经洛桑矶饭店时，灵机一触，马上下车进去，要求第六号小侍者替我到扶轮会领取了一件大衣、一顶帽子、一根手杖，和一只轻便小皮包回来，继续把车子驶到东郊，然后放弃了车子，步行回来。

希尔拔像说故事般一口气把那天晚上的经过追述完了之后，立刻拿了一只轻便小皮包出来交给西郎。

西郎打开一看，里边装着的都是非洲的风景照片、非洲的书籍和一切关于摄影的书籍。西郎大略看了一遍，便示意胖侦探要走。

胖侦探叫第六号侦探把希尔拔带回警厅，控以盗窃之罪。

邓尔飞的被杀经过已经更明朗化了，白施域便写了一段新闻稿，晚上先送给胖侦探毕地巴根参阅。

这时胖侦探刚巧跟西郎在洛桑矶饭店花园吃晚餐，两人便拿新闻稿展读，内容是这样的：

在旧金山著名的唯一的中国侦探赵西郎先生协助之下，毕地巴根侦探长已获得了冒险摄影家邓尔飞先生被杀案的轮廓了。

凶手首先雇了一个女人，伪冒"莎里菲奥"小姐的名字，打电话到扶轮会，邀请邓尔飞到菲列摩山上会谈。邓尔飞很兴奋，不及等待宴会时间的降临，便开了车子到菲列摩山去。

这是一个醉人的场面，深荫的树林，滤着溶溶的月色，给山顶小平原的碧绿草坪织上了美丽的图案，夜莺在炫耀它名满世界的歌喉。人们仰着脸，可以欣赏树梢的挂月，低下头，可以溜览用红绿光线砌成像金宫银阙的好莱坞城。环境是幽美的，空气是清静的。

邓尔飞怀着无限的热情到菲列摩山了，走上小平原，在溶溶的月色下找寻他的伴侣。但站在树林里期待他的不是他的永远记着的小宝贝而是他的仇人。彼此经过一番剧烈的争吵，虽然中间有个女人在苦劝，然而无法制止这一场恶斗的发生。

凶手燃烧着愤怒之火，忘记了一切，把他带来的手杖充当武器，邓尔飞也夺了手杖过来，回敬了一下，手杖掉在地上，大家改为拳斗。邓尔飞的腕力比凶手弱，终于被击倒，恰巧碰在一块石头上，额角受伤了；同时，凶手已立下决心，把邓尔飞置之死地，就拾起手杖，对准邓尔飞的后脑，痛击一下，手杖头也被震断而飞坠于五码以外。凶手杀人之后，还把被杀者推下山坡，企图延缓凶案发现的日期。

看到这里，西郎摇了摇头。

胖侦探说："你以为不应该发表吗？"

"应该发表的是伪做的新闻，以免凶手发生了疑惧而逃避。"西郎说。

"你以为应该怎样写才对？"

"这不能不强你低能一点了。在新闻里，指出希尔拔的可疑地方，说他计诱邓尔飞到菲列摩山，杀死了他。"

"很好，这样可以使凶手放心在好莱坞居住。"

胖侦探说完，便叫侍者拿了一座打字机来，修改补充了这段新闻稿——标题是《邓尔飞被杀案，疑凶就捕！》——并马上叫人送给白施域和各报馆，请他们就在明天的报上发表。

第二天，西郎独个儿跑了大半天，带了充分喜悦的神态回来，胖侦探问他有什么发现，西郎说："大约明天——八月十三日，本案可以结束了。十四日是我的叔父赵义廷的生辰，这一天，我可以回到旧金山舒舒服服地吃一个丰富的晚餐了！"

"凶手呢？"

"当然在十三日交给你。"

"为什么今天不能交给我？"

"因为我还没有捕到他。"

"能够告诉我你的把握吗？"

"今天晚上我介绍一个朋友和你认识，她至少能够把本案的半部事实告诉你。"

到了晚上，西郎领着胖侦探到保禄华道的一条小街，叩着二十六号的门。

一会儿，里边有一个孩子开门出来问"找谁"，西郎递给他一张名片，孩子进去了一会又出来，请了他两人进去，主人立刻出来客厅会客。

主人是个五十来岁的老妇人，灵敏的举动，流利的措词，证明她是很健康的。

大家坐下来。

"两位侦探有什么事见教呢？"她问。

"我很想知道关于两年前波斯尼亚号邮船沉没的事迹，我曾到太平洋轮船公司跟当事人谈过话，他们说，当时邮船沉没的情形，只有四个人知道，一个是邓尔飞先生，一个是柏德尔上校，一个是巴士达教授，一个就是悉尼太太了。我今天来过，听说你白天要到菲尔农场，晚上才在寓所，所以乘夜拜访。"西郎礼貌地说。

"当时的情形，我早在报上发表过了。"悉尼太太答。

"我对于沉没情形，还是次要，我想知道的是关于邓尔飞先生的事迹。"西郎说。

"那可怜的冒险家吗？"悉尼太太流露了同情。

"是的，我希望悉尼太太能够告诉我，当时他是不是在船上认识了一个女子名叫莎里菲奥的？"

"名字我可记不起，但他在船上认识了一个女子，而且在船上结了婚是事实。我跟他本来不认识，就因为他结婚时恳求我帮他的忙去招待船上的客人，才认识起来。"

"是船主替他们证婚的吗？"

"自然哪。"

"这位邓尔飞太太漂亮么？"

"很漂亮。"

"眼睛大大的，脸儿尖尖的是不是？"

"一点不错！"她想了一想才说。

西郎从怀里拿出了莎里菲奥的十三岁照片来，递给悉尼太太，说："这是莎里菲奥儿童时代的照片，请你描摹一下，她像不像邓尔飞太太？"

悉尼太太接过照片，端详了一会，点头说："很像！"然后把照片还他。

"她在邮船沉没后的获救消息你有没有听到？"

"没有。我想，她已经永远埋葬在海底了！"

"你怎能武断呢？"

"获救的人都回到旧金山太平洋轮船公司领取救济金，而她没有踪迹，所以我断定她已死了。"

"她的生活并不困难，何必去领救济金？"西郎说。

"希望上帝庇祐她，脱了险没有到轮船公司领救济金。"悉尼太太说。

"邓尔飞先生很爱她吗？"

"不爱她又怎会跟她结婚？"

"她的性情怎样？"

"很难说，"悉尼太太想了一会才继续说，"大概说，她是一个多血质的女人，很冲动，喜怒无常，我看见过她的性情表现。一次，她因为扭不动一个小香水瓶的瓶塞，竟把瓶子扔在地上发脾气。"

"她在船上认识了邓尔飞多少日子便结婚呢？"

"特别快车！仅五天吧。"悉尼太太笑着说。

"从前，她和他认识吗？"

"不。她告诉我，她是在船上认识邓尔飞的。"

"她曾向你访问过邓尔飞的身世吗？"

"没有。她是一个冲动者，决不会是个经过深思熟虑才决定一宗事的人。她一爱上邓尔飞，就跟他结婚了。"

"请你再思索一下，她的名字是不是莎里菲奥？"

"莎里菲奥，"悉尼太太念了几遍，还是摇头说，"又像又不像，我不能够决定了。"

"不要紧，让我们思索好了。谢谢你，我们告别了。"

西郎和胖侦探于是离开了二十六号。

经过了十小时的黑夜，日历牌宣布八月十三日的来临。

上午九时，赵西郎、毕地巴根、第六号侦探和第九号侦探四个人，没有驾驶警车，只雇了一部计程汽车，开到好莱坞大道中段的林肯大厦，由电梯升上第六层，一直走进哈尔毕奇医生的医务所，护士招待着他们。

西郎却径自走进诊症室，医生见了他，伸手跟他握了一下，便想领着他进手术室。

西郎在他耳边说了几句，医生便教护士招待外边三位侦探也进来，西郎才领着他们走进手术室。

手术室正中停放了一张手术椅子，胖侦探爬上去，肥重的身躯一靠，手术椅马上变作一张床，把胖侦探吓得跳了下来。

大家看了，掩着嘴巴笑，但笑声只许在肚子里，不能笑出声来，谁爆出了笑声，谁就不够修养。

四位侦探互相逗引笑声，第六号侦探拿起了妇科的诊症工具，在自己身上活动，惹得胖侦探笑到用手帕塞住自己的嘴巴。

大约是九时四十分左右，一个护士掩开了门缝，把头探进来，低声跟西郎说："医生告诉你，你的亲戚已经来了。"说完拉回了门便走。

西郎从室门的钥匙孔向诊症室瞧，一个年纪约莫三十岁的男子正坐在医生对面的椅子上，给医生替他试体温，他额部的左边受了伤，一条绷带连他的头部也包扎起来。他的神态很是颓丧，眼睛疲乏无力，胡须从下巴蔓延到两颊，已是几天没有修容了。

医生跟他谈了几句，便说："好，请进手术室换药吧。"

他站了起来，跟着医生行进手术室。

手术室的门一开，空气立刻紧张起来了！因为西郎昨天曾跟胖侦探说过，今天得把凶手交给他。当前的人物，就是好莱坞警厅求之不得的罪人了！

于是，胖侦探对于西郎是如何地尊敬啊！

胖侦探恍然大悟了：那以灵感破案闻名的青年侦探，就在手杖的琥珀头获得了灵感，他知道本案的凶手是受伤的，他花了大半天的时间去访问每一个医生。他的课题就是八月八日的晚上谁家医务所有过扶伤的病者到诊？结果，他就在哈尔毕奇医生的医务所找着了。他一定从医生的表册里，知道伤者在十三日这天的早上来换药，所以他竟然敢把八月十三日可以捕获凶手的消息告诉我和报告警厅了。

西郎开始审问伤者了："阁下就是法郎莱先生吗？"

"是的。"伤者惊讶地答着，一壁转动着奇异的眼睛，注视着四个侦探，他心里想："为什么这群护士的衣服这样华丽？"

"阁下的伤势是怎样来历的？"西郎又问。

"因为汽车失事而被碰伤的。"法郎莱答。

"汽车失事？"胖侦探诧异起来。

"对的。"

"哪一部汽车？八月八日好莱坞没有汽车失事的报告呀！"胖侦探说。

"一点不错。汽车失事地点不在好莱坞。"

"在哪里？"胖侦探大声问。

"探长先生，"医生低声说，"这是医务所啊！"

"对不起！"胖侦探压低了声音，"法郎莱先生，请你告诉我，汽车究竟在哪里失事？"

"在小半岛的公路上。"伤者答。

"噢！那不是一辆公共汽车么？"

"对了，那天我从小半岛回好莱坞途中，车子碰着大树，车子被毁，四个人受伤，我是其中之一。"

"不对！我知道当时国家医院已派车去把伤者完全送入医院了。"

"我因为受伤不重，早给当地居民替我敷了碘酒，搭另外一辆公共汽车回到好莱坞。那三个重伤的乘客，因为不能自己上车，所以等候国家医院的救护车吧。各位大概是侦探吗？"

"是，所以有权追问你的一切证据！"胖侦探说。

"很好。当车子出事之后，曾有新闻记者访问过，贱名也曾登在八月九日的报纸上，这可算是证据吗？"

"可以的，哪一家报纸登过呢？"

"好莱坞《美国人报》。"

"第六号，你打电话到《美国人报》问问，看法郎莱先生的陈述有没有错误。"

胖侦探说完，医生乘机插话："我领他去打电话吧，但请声音不要太亮啊。探长先生，我要去会我的第二个病人，这位病人，暂时交给你吧。"说着，领了第六号侦探去了。

西郎向法郎莱审问了："为什么许多医生你不找，你偏要找哈尔毕奇医生呢？"

法郎莱听了，愕了一愕，但不久他就得到答词了："这正和阁下从好莱坞十余万双皮鞋里选了这一双一样，也不知道'为什么'，人类许多偶然的事件是不能解答的。"

"阁下的理论很高明，可惜太缺乏现实性了！本医务所在林肯大厦，林肯大厦是在市中心区，从郊外入市，这里不是比郊外的孔氏医院和国家医院更远吗？阁下也许高兴多流点血的？"西郎笑着说。

"我向来知道哈尔毕奇医生是不大喜欢到外边走的医生，尤其是在晚上，所以不管路远了。"法郎莱答。

"你跟哈尔毕奇医生是不认识的，怎知他晚上不外出？"

"我听人家说的。"

第六号侦探进来报告胖侦探，说《美国人报》已答复：八月九日的报，确登过小半岛公路汽车失事的新闻，有四个受伤乘客，三个已被送入国家医院，一个名叫法郎莱的，自动搭车回好莱坞。

"我的话没有错吗？侦探长。"法郎莱安详地说。

"没有错。"胖侦探答了一句，溜着眼睛，瞧瞧西郎。

西郎就站了起来说："法郎莱先生，对不起，麻烦你很久，我们告退了。"说着，便引了三位侦探，一齐退出手术室。

接着，医生进来了，替法郎莱换过药，叫他三天后再来，他付了诊金便走了。

法郎莱出了林肯大厦，驾了自己的车子，很迅速地开到东郊，直上好莱坞山，停在自由公寓门前，以快速的步伐，走进寓所。

一个穿了睡衣的女人正在修理家具，见他回来，就低声问："伤口要几天才可以恢复原状？"

"三天后再换药，一星期后就得结疤了。"

"我们什么时候到墨西哥去？还得等候结疤吗？"

"不，我打算今天离开好莱坞了！"

"为什么？不太匆忙么？"

"侦探已经注意我的行动了！"法郎莱的声调显得沉重。

"他们尾随你吗？"她张大了惶恐的眼睛。

"刚才他们曾在医务所里审问我。大约每一个在八月八日受伤的人，都在被审问之列。他们已经走这一着，我是非常危险的！"

"你不是已经袭用了法郎莱的名字么？亲爱的！"

"为了这，今天我才能从他们的罗网滑了出来。但法郎莱的名字，终会有一天给他们调查出来，那么，我就不免要被他们抓着了。现在最聪明的办法是马上逃到墨西哥！"

"他们已审问过你，便再不会理会你，你不是已经逃出了嫌疑的范围了吗？"

"一次，只是一次，也许会有第二次。我不晓得我自己能够再有没有幸运。"

法郎莱和女人谈话的结果，就是决定那女人收拾行李，法郎莱出去购买车票和跟当地的黑暗人物商量秘密出国的计划。所以在法郎莱出去之后，那女人便马上很匆促地收拾一切东西。

突然，寓所门上的钥匙孔发出了开关的声音，她呆了一呆，正想问谁，门竟自开了，两个陌生人走进来：一个胖子，一个中国人。

她惊惶地问："你们是谁？为什么没有得到我的同意便走进来？"

"对不起！"胖子点了点头，指着一张椅子说，"太太，请你坐下来，我们有很多事情得向你领教。"

"你们是谁？"

"我是毕地巴根侦探长，这位是旧金山唯一的中国侦探赵西郎先生。"

"你们来干什么？"她的声调战栗了。

"太太贵姓名？"胖侦探问。

"我叫碧莲罗丝。"她流利地答。

"不！"西郎立刻纠正她，"你叫莎里菲奥才对！"

"不对！我叫碧莲罗丝！"她固执地说。

"那么，我真不能吝啬了！"西郎说着，从怀里拿出了一张照片来，递给她说，"看，这不是你童年的照片么？"

她更加惊惶了，接过照片，细细地看了一看，才还给他，战栗的嘴唇就进出了那无法控制的战栗的声音："我没有拍过这种照片！"

"那么，你认识邓尔飞先生吗？"西郎用严重的语气问她。

"不，我不认识这人！"她说完，她把脸儿立刻埋藏在两只手掌里。

"你有没有搭船去过非洲？"

"没有，根本没有！"

"你对于你往日的身世一点也不承认吗？"

"我不能随便承认任何的捏造的证据啊。"

"太太，恕我鲁莽，我要把你的行李检查一下。"

西郎说时，胖侦探已打开了几个皮箧子，西郎就陪同他一齐搜索。

一会，西郎竟搜出了一张护照来。

她看见了，竟"哇"的一声哭起来。

这是一张到非洲的护照，上面清清楚楚地写着"莎里菲奥"的名字。

"也许你不会再说这是替别人收藏的东西吧？邓尔飞太太！"西郎喊出"邓尔飞太太"这一句称呼，好像一把利刃直刺她的心脏。

她不能再缄默了，霍地站了起来，说："先生，我的故事，你一定访查得很详细，我再也不强辩了，希望你们给我相当的罪名，但你们不能诬捏海尔先生！"

谁是海尔先生？大约就是化名"法郎莱"那男子了。

西郎立刻悟了起来，于是装作很熟知此中情形的样子说："你知道我们的侦探术是不会低能的，对于你的一切，我们知道的几乎比海尔先生还清楚。不过你把这事完全由自己负担起来，不见得怎样高明。我希望你能够告诉侦探长以真实的经过，让侦探长来摆布，不是更好吗？"

"不！"莎里菲奥答，"我不愿意海尔先生代我受到法律的制裁，他不过是受了我的指挥去干而已。"

"莎里菲奥小姐，这是将来的问题，侦探长一定会替你想到很好的办法。现在，你可以把经过告诉他。我很累，恕我不替你复述了。"西郎说完，打了一个呵欠。

"好的，侦探长，让我告诉你吧！"她坐下来了，"当我还没有到非洲之前，我就跟海尔订了婚，但他为了一宗亏空公款案，而逃亡到别一个地方去，这个地方，可能是非洲。我在几个月之后，决意去找他，但在波斯尼亚号邮船中，我遇见了一个水手，他说海尔先生没有到非洲去。同时我在船上认识了邓尔飞先生，他很爱我，三番四次向我求婚，我不愿意他太难过，便给他一条难题，就是如果我找到了海尔的时候，我们得无条件离异，他竟一口答应了我。我要求他写了一张字据，说明这个条件，好作将来万一要解除婚约的证据。于是我们就在波斯尼亚号邮船船长的证明之下结了婚。

"不幸事件在婚后的第三天出现，波斯尼亚号邮船遭遇火灾而竟至沉没了，在妇孺先下救生艇的命令下，我和邓尔飞先生散失了。我被风吹到了荒岛，三个月后才被救，到达了非洲，竟遇见了海尔，这时我才知道水手的话是欺骗我，而这话是出于邓尔飞先生捏造的。我们在非洲出生入死，当了半年猎户，赚到了足够的钱，我们便回到好莱坞来。海尔偿还了公款，我们就重新建立起家庭，而且结婚了。我连做梦也想不到，失踪了两年的邓尔飞先生还没有死去！

"直到了八月七日，我看到了报上的记载，说他已回好莱坞了，定期八日在扶轮会演讲。本来我是主张海尔带我到墨西哥去，等邓尔飞先生跟别人结了婚才回来，但海尔不赞成，因为他在好莱坞有着商业关系，更有合约缚束，他不能够一下子就离开。结果，他主张跟邓尔飞先生开谈判，以谈判方式了结这一段复杂的婚姻。"

说到这里，眼泪一颗一颗地滴下来，她拿起了手帕，揩了一揩，又继续她的陈述："但是菲列摩山的谈判破裂了。邓尔飞先生因为我在海中失掉了证据便决意要我和海尔离婚。他说，要不然，不特以法律制裁我们，还将纠集水手来殴打海尔。我听了愤极了，拿起手杖打他，他夺了我的手杖，海尔也就挺身作战，一时不慎，竟把他打死了！这完全是我的罪过，对于海尔是没有关系的。"

胖侦探听了这番供词，呆呆地望着西郎。

"因打架而一死一伤，法庭判给伤者的罪罚很轻，你是不需要以认罪的方式来脱海尔先生于法网的。我以为你今后应该承继着海尔先生的事业，咬牙干去，最多在三五年之后，你们不是仍旧可以享受家庭的幸福么？"西郎安慰着她。

"但，不知海尔现在怎样？"她说。

胖侦探立刻教站在门外的第六号侦探和第九号侦探带着刚才截获的海尔先生进来，然后四个侦探都走出了门外，让他们俩叙叙这一别起码要三五年的别绪离情。

十五分钟后，胖侦探不耐烦了，推门再进去，只见他们俩正紧紧地拥抱接着一个深长的吻。

这，大约是海尔太太给海尔先生的赠别礼物吧。

民国三十年六月脱稿于香港
民国卅四年二月改写于重庆